www.tredition.de

AF216848

Doris Radmayr

Möglichkeiten

Was wäre wenn…

www.tredition.de

Verlag: tredition GmbH, Hamburg

ISBN
Paperback   978-3-7323-6427-5
e-Book   978-3-7323-6429-9

Printed in Germany

Inhaltsverzeichnis

Einleitung

Ich bin der Meinung, dass jeder Mensch in seinem Leben eine Vielzahl an Möglichkeiten hat. Egal, wie vorgegeben die Tagesabläufe zu sein scheinen, denen wir uns immer wieder glauben unterwerfen zu müssen, innerhalb dieser von außen festgelegten Strukturen bleiben uns genügend Wahlmöglichkeiten, um unser Leben selbst zu gestalten. Da wir uns aber immer für eine der Möglichkeiten entscheiden, bleibt uns oft verborgen, wie unser Leben weiterhin verlaufen wäre, wenn wir uns anders entschieden hätten. Es waren Gedanken, wie diese, die mich dazu gebracht haben, einen durchschnittlichen Tag im Leben einer durchschnittlichen Frau in ein paar möglichen Varianten zu beschreiben.
Was dabei herausgekommen ist, lesen Sie unten.

Alle Personen in diesen Geschichten sind frei erfunden. Sollten Ihnen also Ähnlichkeiten zu lebenden oder toten Personen in den Sinn kommen, so ist das zwar sehr unterhaltsam, war aber nicht von mir beabsichtigt.

Möglichkeit #1

Elisabeth saß in der Küche und blickte auf die Tasse Kaffee, die sie in der Hand hielt. Wie jeden Morgen. Das war heute nicht ihr Tag. Sie hatte es schon beim Aufstehen gespürt. Das heißt gespürt hatte sie zuallererst mal den Krampf in ihrer linken Wade, der sie aus dem Halbschlaf gerissen hatte. Gerade war sie damit beschäftigt gewesen langsam aufzuwachen, als dieser Scheißkrampf sie in Sekundenschnelle aus dem Dösezustand riss und in ein jammerndes, aber hellwaches Bündel verwandelte. Sie hielt sich das Bein, versuchte durch reiben und massieren die Muskelfasern dazu zu bewegen, wieder locker zu lassen, hieb schließlich mit der Faust auf den harten Muskel ein und fluchte laut. Noch immer spürte sie die verkrampfte Stelle, wie wund an der Hinterseite ihrer Wade. Es hatte einige Minuten gedauert, bis der Krampf sich löste, sie erleichtert aufatmete und sich dann ganz vorsichtig, ohne das linke Bein zu sehr zu strecken oder anzuwinkeln, aus dem Bett schälte. Es war noch früh, aber sie hatte keine Lust mehr, liegen zu bleiben und sich im Bett zu räkeln. Zu groß war die Gefahr, dass der Krampf zurückkam und sie weiter quälte. Also zog sie sich im Schneckentempo an, versuchte sich ein Gesicht aufzumalen, mit dem sie durch den Tag kam und setzte sich schließlich auf den einzelnen Hocker, der in der Küche stand, um dort ihren Kaffee zu trinken.

Sie überlegte, was sie heute zu tun hatte. Arbeiten, das nahm ihr schon mal den Großteil des Tages. Sie hatte diesen Job nun schon seit bald zwei Jahren, obwohl sie zu Beginn davon überzeugt gewesen war, nicht länger als sechs Monate dort zu bleiben. Was war passiert? Sie hatte sich an das Geld gewöhnt, an die Regelmäßigkeit. Beides Dinge, von denen sie in den Monaten davor sehr wenig gehabt hatte. Was aber war an Wichtigem zu erledigen? Sie musste unbedingt in ein Geschäft, um sich ein neues Mobiltelefon zu kaufen. Ihr altes funktionierte nur noch gelegentlich, schaltete sich mehrmals am Tag einfach aus und ließ sich manchmal auch nicht mehr einschalten. Obwohl, wenn sie ehrlich war, mochte sie die ganze Telefoniererei sowieso nicht. Gelegentlich war es zwar ganz praktisch, so wie gestern Nachmittag, als sie ihrer Freundin Anita das geplante Treffen absagen musste. Aber die meiste Zeit trug sie das Ding nur mit sich herum, um eine Uhrzeit, einen Wecker und gelegentlich einen Kalender griffbereit zu haben. Alles Dinge, die sie anders auch haben konnte. Aber nicht in einer Plastikhülse in dieser Größe. Nein, ein neues Telefon musste her, davor drückte sie sich ja eh schon so lange. Also musste sie heute nach der Arbeit einkaufen. Diese Aussicht hob ihre Laune auch nicht wirklich. Sie blickte auf die Uhr, seufzte, stand auf, schnappte sich eine Jacke und ihren Rucksack und spazierte los in Richtung Bahnhof.

Diesen Weg war sie in den letzten Wochen und Monaten nur sehr selten gegangen. Erst konnte sie nicht mehr gut zu Fuß gehen, weil die Fersenseuche sie ereilt hatte und fuhr mit dem genau zu diesem Zeitpunkt neu eingeführten Bus, der ganz in der Nähe ihres Hauses stehen blieb. Bis ihr Fuß verheilt war, kam in diesem Jahr früher als sonst der Frühling zurück und sie fuhr wieder mit dem Rad. An diesem Tag allerdings regnete es in Strömen, und so beschloss sie einen Regenspaziergang dem Radfahren vorzuziehen. Elisabeth schloss die Haustüre hinter sich ab und ging durch den prasselnden Regen. Schon nach ein paar Metern spürte sie die erholsame Wirkung des Regens. Sie war schon immer gerne durch den Regen gegangen, gelaufen, geschlendert. Und auch an diesem Tag schaffte es das Nass von oben, ihr ein kleines Lächeln aufs Gesicht zu zaubern. Zumindest bis zu dem Zeitpunkt, an dem sie über die Hauptstraße des Ortes gehen musste. Dort fuhren die von ihr so verhassten Autos beinahe in einer Kolonne vor sich hin, machten Lärm, Gestank und töteten ihre Nerven. Egal, sie blickte kurz mit einem, wie sie hoffte, bösen Blick nach links und betrat die Straße. Als sie gerade mitten auf dem rechten Fahrstreifen war, hörte sie von rechts ein tiefes und lautes Motorengeräusch. Automatisch zog sie zwar den Kopf ein, ging aber stetig weiter, bis sie einen dumpfen Aufprall spürte, durch die Luft geschleudert wurde und mit einem seltsamen Knacken fast zehn Meter weiter auf die Mauer prallte, die der Straße entlang lief. Von dort aus kullerte sie wie eine Puppe, der die Arme und Beine aus den Gelenken gerissen worden waren auf die Straße und blieb dort liegen.

Das Auto, das sie überfahren hatte, konnte mit Müh' und Not anhalten und hätte sie beinahe noch ein zweites Mal getötet, wenn es dafür nicht schon zu spät gewesen wäre.

Möglichkeit #2

Elisabeth saß in der Küche und blickte auf die Tasse Kaffee, die sie in der Hand hielt. Das war heute nicht ihr Tag. Gerade war sie damit beschäftigt gewesen langsam aufzuwachen, als ein Krampf sie in Sekundenschnelle aus dem Dösezustand riss und in ein jammerndes, aber hellwaches Bündel verwandelte. Sie hielt sich das Bein, versuchte durch reiben und massieren, die Muskelfasern dazu zu bringen, wieder locker zu lassen, hieb schließlich mit der Faust auf den harten Muskel ein und fluchte laut. Noch immer spürte sie die verkrampfte Stelle, wie wund an der Hinterseite ihrer Wade. Es hatte einige Minuten gedauert, bis der Krampf sich löste, sie erleichtert aufatmete und sich dann ganz vorsichtig, ohne das linke Bein zu sehr zu strecken oder anzuwinkeln, aus dem Bett schälte. Es war noch früh, aber sie hatte keine Lust mehr, liegen zu bleiben und sich im Bett zu räkeln. Also zog sie sich im Schneckentempo an, versuchte sich ein Gesicht aufzumalen, mit dem sie durch den Tag kam und setzte sich schließlich auf den einzelnen Hocker, der in der Küche stand, um dort ihren Kaffee zu trinken.

Sie überlegte, was sie heute zu tun hatte. Arbeiten, das nahm ihr schon mal den Großteil des Tages. Was war aber an Wichtigem zu erledigen? Sie musste unbedingt in ein Geschäft, um sich ein neues Mobiltelefon zu kaufen. Ihr altes funktionierte nur noch gelegentlich, schaltete sich mehrmals am Tag einfach aus und ließ sich manchmal auch nicht mehr einschalten. Obwohl, wenn sie ehrlich war, mochte sie die ganze Telefoniererei sowieso nicht. Gelegentlich war es zwar ganz praktisch, aber die meiste Zeit trug sie das Ding nur mit sich herum, um eine Uhrzeit, einen Wecker und gelegentlich einen Kalender griffbereit zu haben. Alles Dinge, die sie anders auch haben konnte. Aber nicht in einer Plastikhülse, in dieser Größe. Nein, ein neues Telefon musste her, da drückte sie sich ja eh schon so lange drum. Also musste sie heute nach der Arbeit einkaufen. Diese Aussicht hob ihre Laune auch nicht wirklich. Sie blickte auf die Uhr, seufzte, stand auf, schnappte sich eine Jacke und ihren Rucksack und spazierte los in Richtung Bahnhof.

Diesen Weg war sie in den letzten Wochen und Monaten nur sehr selten gegangen. An diesem Tag allerdings regnete es in Strömen und so beschloss sie einen Regenspaziergang dem Radfahren vorzuziehen. Sie schloss die Haustüre hinter sich ab und ging durch den prasselnden Regen. Schon nach ein paar Metern spürte sie die erholsame Wirkung des Regens. Elisabeth war schon immer gerne durch den Regen gegangen, gelaufen, geschlendert. Und auch an diesem Tag schaffte es das Nass von oben, ihr ein kleines Lächeln aufs Gesicht zu zaubern. Zumindest bis zu dem Zeitpunkt, an dem sie über die Hauptstraße des Ortes gehen musste. Dort fuhren die von ihr so verhassten Autos mal wieder in viel zu hoher Geschwindigkeit in beide Richtungen. Nicht mehr lange, dachte sie grimmig. Da werde ich doch den ein oder anderen von euch zum Bremsen bringen. Sie holte tief Luft, richtete sich auf und betrat nach nur einem kurzen Blick nach links den Zebrastreifen. Den Blick fest auf das auf sie zufahrende Auto gerichtet, schritt sie langsam und gemütlich über die Straße, wurde noch mal ein kleines bisschen langsamer, als sie die Mittellinie überschritt, wandte ihren Kopf nach rechts und lächelte dort freundlich dem Autofahrer zu, der sie mit finsteren Blicken und – so vermutete sie – Mordgedanken ansah. Ein kleines

Hüpferchen am Ende der Straße konnte sie sich nicht verkneifen, dann war sie wieder auf einem Gehweg, der die Autos von ihr abhielt. Aber sie hatte ja auch noch eine zweite Straßenüberquerung auf ihrem Weg zum Bahnhof. Die verlief ganz ähnlich wie die erste, allein die Blicke waren dieses Mal von beiden Seiten mehr als finster. Die Tatsache Autofahrer zum Abbremsen gebracht und damit geärgert zu haben, versüßte ihr den sonst eher tristen Morgen. Die letzten paar Meter zum Bahnhof spazierte sie nun viel lockerer und leichter.

So schlimm würde der Tag ja doch nicht werden. Sie atmete erleichtert auf. In den letzten Tagen hatte sie immer öfter bemerkt, wie leicht sie sich ärgerte, bis hin zum Explodieren. Die immer angespannte Situation in der Arbeit, das Gefühl im Moment privat einfach nichts auf die Reihe zu bringen und ihre Unschlüssigkeit, ob sie noch einmal einen Anlauf in Richtung Selbständigkeit unternehmen sollte, machten sie dünnhäutig und unrund. Sie bräuchte dringend eine Auszeit von sich selbst. Denn sie selbst war es, die sich so zusetzte. Das wusste sie und konnte es trotzdem gerade nicht ändern. Ganz im Gegenteil. Sie hatte das Gefühl, dass sich mit jedem Tag eine Lösung oder eine Auflösung näherte. Als ob alles sich zuspitzen müsste, bis dann schließlich auf einmal – mit einem lauten Tusch – die Lösung einer Explosion gleich dastehen würde. Oder war das mal wieder ihr Wunschdenken? Wahrscheinlich. Bis jetzt hatte sie in ihrem 45jährigen Leben noch nie eine Lösung ihrer Probleme „von außen" erhalten. Ohne ihr aktives Zutun hatte sich noch nie etwas gelöst. Zumindest konnte sie sich an keine Situation erinnern. Nein, sie ahnte es schon – die Arbeit würde eindeutig an ihr hängen bleiben!

Aber gut. Sie hatte ja schon einen groben Plan. Erst mal musste sie allerdings noch diesen Arbeitstag über die Bühne bringen. Mit diesem Gedanken betrat sie den Bahnsteig und stellte sich an ihre übliche Position. In etwa auf dieser Höhe würde der letzte oder vorletzte Waggon der S-Bahn stehenbleiben, die sie in die Arbeit brachte. Sie blickte missmutig auf eine junge Frau neben sich. Dass die aber auch immer so stinken musste! Der Geruch, der von ihr ausging passte zwar wunderbar zu ihrem Äußeren, aber so überhaupt nicht in Elisabeths Vorstellung eines ruhigen Morgens. An den meisten Tagen ging sie einfach nur ein paar Schritte demonstrativ zur Seite, wenn sie erschien, aber heute war sie wohl auf Konfrontation gepolt. Sie trat auf die Frau zu und sagte zu ihr:

„Entschuldigen Sie, wenn ich sie so einfach anspreche, aber ich stehe hier einige Male pro Woche und muss immer wieder aus Neue den Gestank ertragen, den sie verbreiten. Haben sie schon einmal an die Möglichkeit gedacht, sich zu waschen oder die Zähne zu putzen? Das wäre doch auch für sie sicher angenehmer, als als wandelnder Aschenbecher durch die Gegend zu stolpern."

Es kam keine Antwort, nur ein langer völlig verständnisloser Blick. Oje, dachte sie bei sich, da hat das Nervengift wohl auch schon zugeschlagen. Entweder konnte die Frau ihre Gesichtszüge einfach nicht mehr bewegen, weil sie eine Überdosis Botox intus hatte, oder sie war noch immer mit der Verarbeitung der Aussage beschäftigt. Oder aber sie hatte ihr Smartphone noch nicht angedockt und konnte einfach nicht mehr selbständig denken, weil sie diese doch recht anstrengende Aufgabe längst ihrem Mobiltelefon übertragen hatte. Daher beschloss sie, keine weiteren Versuche zu unternehmen, sie auf verbalem Wege zu erreichen, sondern griff einfach nur in die Tasche ihres Rucksacks, zog eine kleine

Schachtel mit Pfefferminzpastillen heraus, öffnete sie und hielt sie ihr mit den Worten:

„Versuchen sie es doch einfach mal damit. Beseitigt zwar nicht die Ursache, aber kann ein klein wenig vertuschen" hin. Von der jungen Frau kam nun ein zweiter verständnisloser Blick, aber kein Körperteil regte sich, so dass sie die Hand mit der Pfefferminzschachtel wieder sinken ließ, die Schachtel wieder schloss und in den Rucksack steckte. Naja, es war zumindest ein Versuch gewesen, die Welt in der sie lebte ein klein wenig mehr nach ihrem Geschmack zu gestalten. Kurz darauf kam ihr Zug und die Fahrt zur Arbeit, wie auch der restliche Tag verliefen ereignislos.

Am Abend saß sie mit einem Buch in der Hand, wie so oft auf ihrem Sofa im Wohnzimmer und las. Allerdings bemerkte sie, dass sie Mühe hatte, sich auf den Inhalt zu konzentrieren. Sie fühlte sich so müde und abgeschlagen, als hätte sie seit Tagen nicht mehr ausreichend geschlafen. Sie kannte diese Müdigkeitsattacken. Sie kamen oft zur gleichen Zeit, aber sie wusste nicht, was sie auslöste. Oft wurde ihr regelrecht schlecht, vor lauter Anstrengung trotzdem wach zu bleiben, oder ihr wurde schwindlig beim Versuch die Augen mit Gewalt geöffnet zu lassen. Das Einzige, was in diesem Moment „half", war sich hinzulegen, die Augen zu schließen und das kurze wegdämmern, das beinahe mit sofortiger Wirkung eintrat, zuzulassen. Es dauerte oft wirklich nur ein paar Minuten und dann war dieser „Anfall" wieder vorbei. Wenn sie aber jetzt so eine kurze Ruhephase einlegen würde, wäre sie wieder bis mindestens 1 oder halb zwei Uhr Nachts hellwach. Also schloss sie schweren Herzens das Buch, trank noch ein paar Schluck Wasser, stellte das leere Glas in die Küche und ging ins Badezimmer, um sich bettfertig zu machen. Sie schminkte sich ab, wusch sich das Gesicht, putzte die Zähne und cremte sich sorgfältig ein. Dann zog sie ein altes, viel zu großes T-Shirt an, das ihr schon seit Jahren als Nachthemd diente, löschte das Licht und ging ins Schlafzimmer. Das Hinlegen tat so gut! Sie zog die Bettdecke über sich und genoss einfach nur das Gefühl in der waagrechten liegen zu können. Kurz durchzuckte ein brennender Schmerz ihre rechte Gesichtshälfte. Sie hatte das Gefühl, als würde der Schmerz von oben nach unten, hinter ihrem Auge in Richtung Hals und Ohr wandern. Aber noch bevor sie ihn eindeutig lokalisieren konnte, war er auch schon wieder verschwunden. Elisabeth atmete auf und dann einige Male tief ein und aus und war innerhalb der nächsten Minute auch schon eingeschlafen.

Die Träume, die in dieser Nacht zu ihr kamen, waren ganz anders, als die, die sie sonst hatte. Sie waren so real, so warm, so gut zu spüren. Sie war inmitten einer Ansammlung von roten und braunen Tentakeln, die sie festhielten, umklammerten und in einer sehr beruhigenden Art und Weise hin und her wiegten. Dazu hörte sie Musik, die sie an sphärische Klänge erinnerte. Sie bewegte den Kopf, um zu sehen, woher sie stammte, konnte aber nicht weiter als bis zum nächsten Tentakelarm sehen. Über ihr strahlte ein Sternenhimmel mattes, aber helles Licht aus und an den wenigen Körperstellen, die nicht zugedeckt und eingerollt waren, spürte sie einen fast schon unangenehm kühlen und feuchten Wind. Sie wollte zwar gerne wieder auf eigenen Füßen stehen, aber die Umschlingung brachte ihr ein Gefühl der Sicherheit, wie sie es noch nie erlebt hatte. Plötzlich kam ihr der Gedanke, dass sie dieses Gefühl wieder aufgeben müsste, wenn sie aus diesem Traum erwachen und in die Alltags-realität zurückkehren würde. Sie spürte, wie sie panisch wurde. Sie blickte um sich, ob sie irgendjemanden fand, dem sie klarmachen konnte, dass genau DAS nicht passieren durfte! Was sie zuerst noch als beruhigend empfunden hatte, löste nun in ihr ein Gefühl der Hilflosigkeit und Begrenztheit aus. Sie wollte sich doch nur kurz aufsetzen, um jemanden um Hilfe zu bitten. Das klappte aber nicht – allerdings fühlte es sich für sie nicht an, als würde sie gegen einen stärkeren Gegner kämpfen, sondern mehr, als wäre zwar der Gedanke sich aufzusetzen in ihrem Gehirn, aber ihr Körper, ihre Muskeln und Bänder, Sehnen und Gelenke reagierten in keinster Art und Weise auf ihren Wunsch. So, als wäre sie gelähmt! Aber dann würde sie doch auch nicht den Kontakt zu den Tentakeln fühlen können oder dazwischen die kühle Luft auf ihrer Haut. Sie überlegte, wie sie aus dieser Lage wieder entkommen konnte. Ob sie das wirklich wollte oder ob sie die kurzen klaustrophobischen Gedanken in Kauf nehmen sollte. Immer größer wurde ihr Unwille über ihre Hilflosigkeit. Sie wand sich, um den Druck auf ihren Körper zu verringern, kam aber kaum ein paar Zentimeter weit. Enttäuscht und erschöpft hielt sie inne. Da bemerkte sie, dass ihre Lage im Raum, soweit sie sehen konnte verändert wurde. Ganz langsam, schien sie seitlich gedreht worden zu sein, jedenfalls hatte sie das Gefühl, dass nun ihre rechte Körperseite nach unten deutete. Sie konnte auch keine Sterne mehr ausmachen. Dann war wieder alles ganz still. Als nächstes fühlte sie, einen Stoff zwischen den Fingern ihrer linken Hand. Sie konzentrierte sich. Das war etwas anderes, als das, was sie da gerade eben noch umschlungen hatte, da war sie sich sicher. In einer immensen Kraftanstrengung versuchte sie noch einmal den Kopf zu heben und die Augen soweit zu öffnen, um erkennen zu können, was sie da umgab. Sie seufzte laut, atmete tief und sah, dass sie wie eingedreht in ihre Bettdecke gewickelt in ihrem Schlafzimmer lag. Schade. Das war wohl das Ende des Traums, der Nacht und ihrer Ruhe. Frustriert schloss sie noch einmal ihre Augen, aber die Gefühle, die sie gerade eben noch so intensiv gespürt hatte, kehrten nicht zurück. Sie lag auf ihrer rechten Seite und konnte so zu dem Fenster, das sich an der Ostseite des Hauses befand hinaus blicken. Es war ein grauer Morgen, sie sah zwar keine Wolken, aber alles wirkte so nach Einheitssuppe. Sie strampelte ihre Füße frei. Wie hatte sie sich denn nur so einwickeln können? Sie musste sich mindestens fünf Mal um sich selbst gedreht haben, während sie schlief. Die Luft im Schlafzimmer war frisch und kühl. Sie robbte ein wenig an den Bettrand heran, hob dann das linke Bein und stieß damit das Fenster zu. Sie wollte einfach noch nicht auf. Ein Blick auf ihren Wecker zeigte ihr zwar an, dass er in weniger, als einer Minute läuten würde, aber dem kam sie zuvor und stellte ihn ab.

Da lag sie nun. Nichts und niemand hielt sie fest, sie könnte aufstehen und den Tag beginnen. Wenn sie wollte. Tat sie aber nicht. Außerdem – wieso begann der Tag erst, wenn sie aufstand? Der war doch schon sei fünf Stunden und vierunddreißig Minuten am laufen. Egal, ob sie lag, saß, stand oder lief! Irgendwie beruhigte sie dieser Gedanke. Sie konnte also genauso gut liegen bleiben und der Lauf der Welt würde sich überhaupt nicht verändern. Zumindest nicht gravierend. Wie klein der Anteil war, den sie am Weltgeschehen hatte, wollte sie sich wiederum nicht so genau vorstellen. Das wäre dann doch zu frustrierend wenig. Aber auch in ihrem kleinen Wirkungskreis. Was würde schon passieren? Ihre Arbeit würde jemand anderer übernehmen, die Post würde vielleicht am Boden landen, wenn der Briefkasten dann mal übervoll sein würde. Aber sonst? Und andersrum. Würde sie ihr fehlen: die Welt? Das war ganz leicht herauszufinden. Sie blieb einfach liegen. Hier war es ruhig, sie würde nicht gestört werden. Ihr Telefon lag im Erdgeschoss, das konnte sie kaum hören. Vielleicht hatte es sich auch wieder selbst ausgeschaltet. Sie hatte völlig vergessen, am Vortag ein Neues zu kaufen. Der Schlüssel steckte, so dass sie keine unerwarteten Besucher überraschen konnten. Ahhhhh, dieser Gedanke tat gut. Sie drehte sich auf den Rücken, streckte Arme und Beine so von sich, dass sie wie ein X da lag und schloss wieder die Augen. So konnte sie es aushalten. Von Zeit zu Zeit rollte sie sich von einer Seite auf die andere, döste ein, wachte wieder auf, sah zum Fenster und zum Wecker. Aber die Veränderungen außerhalb dieses Zimmers sagten ihr immer weniger. Auch die digitale Ziffernanzeige des Weckers kam ihr völlig bedeutungslos vor. Irgendwann richtete sie sich auf, zog den Stecker aus der Steckdose und ließ ihn somit verblassen. Wenn sie das Gefühl hatte, nicht mehr liegen zu können, kniete sie sich hin und rollte ihren ganzen Körper zu einer Kugel ein. Sie umschlang ihre Knie mit beiden Armen und machte sich so klein wie möglich. Diese Übung fiel ihr von Mal zu Mal leichter. Auf diese Art konnte sie auch durch das Bett rollen. War es ihr an einer Stelle unangenehm, weil sie zu lange dort gelegen hatte, kugelte sie einfach zu einer anderen. Manchmal lag sie aber auf wieder ganz ruhig da, lauschte auf die Geräusche, von denen sie nicht sicher war, ob sie real existierten oder ob sie sich nur in ihrem Kopf befanden. Anfangs waren es noch das leise, sehr weit entfernte Klingeln ihres Telefons gewesen und einmal glaubte sie auch die Türglocke gehört zu haben. Später waren es dann Teile aus Musikstücken, die sie gerne angehört hatte oder auch Stimmen von Menschen, die sie einmal kannte. Nur die Namen, die fielen ihr nicht mehr ein – auch wenn ihr das seltsam vorkam, so konnte sie damit leben. Was hätten sie ihr auch geholfen.

Sie wusste schon lange nicht mehr, wie viele Tage und Nächte vergangen waren, seit sie beschlossen hatte, nicht mehr aufzustehen. Seit sie sich über ihren Einfluss auf das Weltgeschehen Gedanken gemacht hatte. Mal war es hell in ihrem kleinen Zimmer, mal dunkel. Mal schlief sie, mal war sie wach und immer öfter befand sie sich in einem Zustand, der weder das Eine noch das Andere zu sein schien.

Auch auf die Außenwelt schien ihr Verhalten abzufärben. Waren zu Beginn ihrer Verweigerung aufzustehen noch gelegentlich Menschen zu ihrem Haus gefahren, hatten geläutet oder sie versucht telefonisch zu erreichen, nahm dieses Nachschauen und Nachfragen mit der Zeit immer mehr ab. Auch an ihrer Arbeitsstelle schien sie nach und nach in Vergessenheit zu geraten, bis eines Tages die Leiterin der Gruppe dasaß und sich beim Durchsehen der Personalunterlagen verwundert fragte, wer das wohl sein sollte und wie diese Akte zu ihr gekommen war. Sie konnte sich beim besten Willen an niemanden dieses Namens erinnern, wollte diese Wissenslücke aber auch nicht vor den Mitarbeitern zugeben, sodass sie nie in den wöchentlichen Besprechungen danach fragte, ob jemand anderer vielleicht wüsste, wer das (gewesen) sein könnte.

Elisabeths Haus schaute von außen noch einige Jahre gleich aus. Im Garten wucherten die Büsche und Sträucher, er wurde dadurch immer uneinsichtiger, was auch dazu beitrug, dass niemandem die ersten offensichtlichen Schäden, die am Haus auftraten auffielen. Manchmal blickte noch einer ihrer Nachbarn in die Richtung ihres Hauses und wunderte sich, was er sich gerade gedacht hatte, denn der Gedanke, der den Blick gelenkt hatte, verschwand genau wie sie selbst.

Möglichkeit #3

Elisabeth saß in der Küche. Das war heute nicht ihr Tag. Sie hatte es schon beim Aufstehen gespürt. Ein Krampf in ihrer linken Wade hatte sie aus dem Halbschlaf gerissen.

Sie überlegte, was sie heute zu tun hatte. Arbeiten und ein paar Einkäufe erledigen. Ein neues Mobiltelefon musste her, da drückte sie sich ja eh schon so lange drum. Diese Aussicht hob ihre Laune auch nicht wirklich. Sie blickte auf die Uhr, seufzte, stand auf, schnappte sich eine Jacke und ihren Rucksack und spazierte los in Richtung Bahnhof.

An diesem Tag regnete es in Strömen und schon nach ein paar Metern spürte sie die erholsame Wirkung ihres Lieblingswetters. Sie war schon immer gerne durch den Regen spaziert, gegangen, gelaufen, geschlendert. Und auch an diesem Tag schaffte es das Nass von oben, ihr ein kleines Lächeln aufs Gesicht zu zaubern. Zumindest bis zu dem Zeitpunkt, an dem sie über die Hauptstraße des Ortes gehen musste. Dort fuhren die von ihr so verhassten Autos mal wieder in viel zu hoher Geschwindigkeit in beide Richtungen. „Ich hasse euch, ich hasse euch, ich hasse euch" waren ihre Gedanken, als sie auf die Straße zuging. Den Blick fest auf das auf sie zufahrende Auto gerichtet, stand sie am Gehsteig und wartete – wie fast immer – vergeblich darauf, dass einer der Autofahrer so viel Anstand besaß, auf die Straßenverkehrsordnung Rücksicht zu nehmen und vor dem Zebrastreifen stehen zu bleiben. Mit wütenden Blicken bedachte sie die Autofahrer, die taub und blind für alles waren, was nicht vier Reifen hatte, Lärm machte und stank. Irgendwann mussten die Luftverschmutzer bremsen, weil vermutlich an der nächsten Kreuzung schon zu viele von ihnen standen. Diese Möglichkeit nutzte sie, um vorsichtig auf die Straße zu treten. Wie oft hatte sie sich schon gewünscht, einfach mal ohne Rücksicht auf Verluste auf die Straße zu springen und die Autos zum Bremsen zu zwingen. Getraut hatte sie sich das aber noch nie. Andere sah sie öfters einfach ein paar Schritte auf die Straße tun, aber scheinbar drückte ihre Körperhaltung schon so viel Zweifel aus, dass sie einfach ignoriert wurde. Das ärgerte sie. Das ärgerte sie maßlos. Und sie hatte ja auch noch eine zweite Straßenüberquerung auf ihrem Weg zum Bahnhof. Die verlief ganz ähnlich wie die erste, nur dauerte es dieses Mal nicht ganz so lange, bis sie gehen konnte, weil von der anderen Seite eine resolute Person die Autofahrer zum Anhalten zwang.

Sie keuchte. Alleine dieser Weg zum Bahnhof, strengte sie in letzter Zeit immer mehr an. Sie wusste auch, dass das Anstrengendste daran war, dass sie sich so viel ärgerte, schaffte es aber nicht, diesen Ärger abzustellen. Irgendwann würde sie entweder daran ersticken oder explodieren. Mit gesenktem Kopf ging sie die letzten paar Meter zu ihrer Einstiegsstelle. Als sie ihn wieder hob, sah sie – wie fast jeden Morgen – eine junge Frau neben sich stehen, die sich gerade in diesem Moment eine Zigarette anzündete. Sie schnaubte. Dass ihr aber auch nichts erspart blieb. Jetzt stank ihr die Zimtzicke da rechts auch noch die Nase voll. Der Ärger über die Rücksichtslosigkeit der Autofahrer, vermischte sich mit dem über die Rauchverbot ignorierende junge Frau. Wenn sie verbal etwas geschickter wäre, würde sie sie gerne darauf hinweisen, dass die großen Schilder, die im Wartebereich der Bahnsteige hingen, nicht einfach nur zur Verschönerung des Bahnhofes gedacht waren, sondern eine Bedeutung hatten. Aber das war eines ihrer vielen: „ich würde ja gerne mal"

Sie hob die Schultern bis zu den Ohren und ließ sie wieder sinken. Na toll, da war es noch nicht mal sieben Uhr morgens und sie war schon völlig verspannt. Sie spürte förmlich, wie ihre Schultern sich wieder nach vorne zogen, kaum dass sie sie locker ließ. Typische Schutzhaltung eben, dachte sie bei sich. Ist ja auch kein Wunder, bei den Idioten, die hier rumlaufen. Der Zug wurde soeben von der Computerstimme am Bahnsteig angekündigt. Schon drängte sich eine Gruppe von Schülern von rechts ganz in ihre Nähe. „Können die nicht ein bisschen Abstand halten oder einfach nur dort stehen bleiben, wo sie bis jetzt herumgelungert sind?" fragte sie sich missmutig. „Was müssen diese Idioten sich genau zwischen mich und den ankommenden Zug drängen." Sie holte tief Luft, verschränkte ihre Arme vor der Brust und blieb regungslos und ohne einen der Schüler anzublicken stehen. „Eigentlich wäre es so ganz einfach, einen von ihnen vor oder in den einfahrenden Zug zu schubsen", fiel ihr plötzlich ein. Sie hätte wirklich nur einen klitzekleinen Schubs tun müssen, um einen der nervtötend laut palavernden Halbwüchsigen zu entsorgen. Schon allein dieser Gedanke heiterte sie wieder auf und sie entspannte sich spürbar. Dass sich alle, bis auf einen dann auch noch vor ihr in den Zug zwängten, konnte sie schon gar nicht mehr ärgern. So sah sie wenigstens, wo diese akustischen Luftverschmutzer sich niederließen und konnte sich selbst einen Sitzplatz in ausreichender Entfernung suchen. Außerdem liebte Elisabeth die zweier Sessel, weil dort die Wahrscheinlichkeit von einem direkten Sitznachbarn verschont zu bleiben, am höchsten war. Kaum fuhr der Zug an, kuschelte sie sich bequem in ihren Sitz und sah auf die draußen vorbeiziehende Landschaft. Sie liebte diese ersten zwölf Minuten im Zug, die Gegend auf die sie blickte und die Möglichkeit, sie jeden Morgen aufs Neue in Ruhe zu betrachten. Ab der 3. Station schloss sie dann die Augen und versuchte die Umgebungsgeräusche so gut wie möglich auszublenden, um noch ein paar ungestörte Augenblicke zu haben, bevor sie in der Arbeit achteinhalb Stunden mit ihren Kolleginnen in ein Mini-Zimmer gepfercht sein würde. An diesem Tag gelang es schlecht.

Trotzdem brachte sie den Arbeitstag hinter sich und kam am Abend erschöpft nach Hause. Kaum saß sie in ihrer Wohnküche – der einzige Raum in ihrem Haus, den sie für sich so behaglich wie möglich eingerichtet hatte, läutete das Telefon. Zweifelnd blickte sie auf das Display, auf dem eine ihr unbekannte Handynummer erschien. „Naja, vielleicht hat ja jemand, den ich kenne, den Anbieter gewechselt", dachte sie bemüht fröhlich, „und will mir jetzt die neue Nummer mitteilen." Sie hob ab und bereute es sofort, als sie den typischen Singsang der völlig belanglosen Einleitungsfloskeln hörte, den Call-Center Mitarbeiter gezwungen wurden, jeden Tag hunderte male ins Telefon zu leiern. Sie schloss die Augen und versuchte sich zu überzeugen, dass sie jederzeit auflegen durfte. Sie war nicht gezwungen, diese Verkaufsanrufe über sich ergehen zu lassen. Viele ihrer Bekannten taten das. Einige von ihnen machten sich schon einen regelrechten Sport daraus, solchen Anrufen mit möglichst skurrilen Reaktionen zu begegnen. Eine Arbeitskollegin hörte immer zu, bis die Telefonterroristen von selbst aufhörten zu sprechen und sagte dann:
„Entschuldigung ich war gerade abgelenkt, könnten sie das bitte noch mal wiederholen?" und zwar

so lange, bis der arme Anrufer von selbst auflegte. Eine andere legte das Telefon einfach beiseite und ließ die Sätze der Verkäufer so im Nichts verschwinden. Ein Nachbar von ihr saß mal im Garten und schrie plötzlich laut:

„Nein, nein, nein, nein, nein, nein, nein! Lasst mich in Ruhe! Hört auf, mich auszuspionieren!! Geht weg! Nein, nein, nein!"

Als sie erstaunt über den Gartenzaun blickte, saß er lachend auf der Terrasse und erklärte ihr, dass er gerade einen Telefonverkäufer abgewimmelt hatte. All das ging ihr durch den Kopf, als sie, das Mobiltelefon in der Hand, in ihrer Küche saß. Sie erschrak beinahe, als die Stimme plötzlich verstummte und wieder Ruhe herrschte. Erstaunt sah sie das Teil genauer an. Also war es ein nicht sehr hartnäckiger Telefonhacker gewesen. Sie atmete auf. Zumindest diesem einen war sie entkommen. Gerade, als sie sich zurücklehnen wollte, um dieses kleinen Triumph zu genießen, läutete es an der Tür. Instinktiv zog sie den Kopf ein. Vielleicht hatte ja noch niemand gesehen, dass sie zu Hause war. Am Telefon hatte ihr „nicht reagieren" ja gerade auch funktioniert. Es läutete wieder, dieses Mal schon länger und nachdrücklicher. Pflichtschuldig stand sie auf und ging zur Haustür. Als sie öffnete sah sie sich einem kleinen, aber sehr breiten Mann gegenüberstehen, der unappetitlicher nicht hätte sein können. Er trug die Reste eines ehemals dunkelblauen Polyester-Anzugs, der an manchen Stellen seltsam dunkel-regenbogenartig schimmerte. Ein gelblich-braunes Hemd mit ausgefranstem Kragen hing seltsam schlaff über seiner Brust, spannte sich aber deutlich am Bauchbereich. Er schien stark zu schwitzen, denn dort, wo das Hemd direkten Kontakt zu seinem Körper hatte, waren dunkle feuchte

Flecken zu sehen. Und zu riechen. Er verströmte eine Geruchsmischung aus altem Schweiß, Raucheratem und etwas süßlichem, was sie sofort an Verwesung und Tod denken ließ. Das erschreckende war, dass er sobald sie die Türe geöffnet hatte, einen Schritt auf sie zukam, ihr die Hand entgegenstreckte und mit einer für diesen wuchtigen Körper viel zu hohen, schrillen Stimme auf sie einredete. Sie wich zurück und plötzlich stand er mitten in ihrem Gang, redete ohne einmal Luft zu holen und sah sich um. Scheinbar suchte er eine Abstellmöglichkeit für den großen Koffer, den er in seiner linken Hand mit sich trug. Als er keine Truhe und keine Schrank fand, auf den er ihn hätte stellen können, begann er einfach, sie weiter in die Wohnung hinein zu drängen. Mit einer scheinfreundlichen Geste mit der Rechten schob er sie quasi vor sich in ihr Wohnzimmer und folgte ihr viel zu nah. Wie in Trance verlangsamte sich plötzlich ihre ganze Wahrnehmung. Sie sah die Situation von außen – wie lächerlich, dass sie sich in ihrem eigenen Haus von so einem Stinker durch die Gegend schieben ließ! Reichte es nicht, dass draußen in der Welt vor ihrem Haus alle mit ihr umsprangen, wie es ihnen gefiel? Ihr Haus war – bis jetzt – noch immer IHR Reich gewesen. IHR Rückzugsort, an dem sie sich sicher fühlte. Gefühlt hatte. Denn das, was da gerade geschah, hatte nichts mehr mit Sicherheit zu tun. Sie sah sich quasi selbst zu, wie sie völlig verdattert auf dem Sofa im Wohnzimmer saß, den Dicken, der seinen Koffer mittlerweile geöffnet hatte, im rechten Winkel neben sich. Er begann Prospekte von Super-Duper Wischtüchern, -mopps und sonstigem Putzzeugs vor ihr auszubreiten, hörte währenddessen aber nicht auf zu reden, sondern schien seinen Wortausstoß pro Minute geradezu zu erhöhen. Dadurch nahm allerdings auch der Ausstoß seiner rauchgeschwängerten Atemluft immer mehr zu, was zur Folge hatte, dass ihr plötzlich so richtig übel wurde. Sie richtete sich jäh auf, stand auf, murmelte ein: „Tschuldigung" und ging in die Küche.

„Ich nehme gerne einen Kaffee, wenn sie gerade schon am Zubereitungsort stehen", rief er und kicherte plötzlich los, als hätte er diesen Spruch noch nie gehört. Sie spürte, wie ihr Blutdruck stieg und ihr heiß wurde. Sie sah sich um. Ein Wasserkocher, ein Schneidbrett, die Brotdose und ein Wasserfilter standen links von ihr. Rechts auf der Ablage standen ein Schnellkochtopf und die große Bratpfanne. Die große, gusseiserne Bratpfanne. Sie schien ihr ihren Stiel geradezu entgegenzustrecken. Aber sie konnte doch nicht. Konnte sie nicht? Sie hörte ihn bis hierher asthmatisch atmen. Er raschelte mit irgendwelchen Papieren, die er wahrscheinlich auf dem ganzen Tisch ausbreiten würde.

„Ich nehme ihn mit Milch und viel Zucker!" Wieder kicherte er, als hätte er einen besonders guten Witz gemacht. Sie spürte, wie ihr der Schweiß ausbrach. An den Schläfen, zwischen Nase und Oberlippe, ja sogar am Rücken. Sie nahm die Pfanne in die rechte Hand, ging mit leisen Schritten zurück ins Wohnzimmer und näherte sich ihm von der Seite.

„Schön, ein Tässchen wird mir jetzt guttun", sagte er und blickte zu ihr auf. In genau diesem Moment traf ihn die Pfanne an seiner rechten Schläfe. Ein angenehmes Geräusch war zu hören. Eine Mischung aus Ssssmack und Gnnnggg. Sein Blick schien ihm irgendwie aus dem Gesicht gestoßen worden zu sein und kippte weg. Sie stand da, nahm die Pfanne in die linke Hand, schloss die Rechte einige Male zur Faust und ließ sie wieder locker. Dann griff sie beidhändig zu, holte zur Rückhand aus und ließ sie mit voller Kraft an seinen Hinterkopf knallen. Und jetzt endlich kam die Reaktion, auf die sie schon beim ersten Schlag gehofft hatte. Er kippte. Nicht ganz so, wie sie sich es vorgestellt hatte, direkt nach vorne auf seine Prospekte, sondern irgendwie nach schräg links vorne. Er schien seitlich ein wenig eingeknickt zu sein. Da lag er also nun mit dem Oberkörper halb über den Tisch, sein Kopf berührte schon den Sitzplatz, auf dem sie vor ein paar Minuten selbst noch gesessen hatte. Etwas ratlos stand sie nun da und blickte auf ihn herab. Sie war sich sicher, dass er noch lebte. Er machte so seltsame Geräusche, die sie an ein altes Ofenrohr denken ließen. Sie wusste selbst nicht, wie sie darauf kam. War er bewusstlos oder stellte er sich nur so, damit sie kein weiteres Mal zuschlug? Vorsichtig ging sie, die Pfanne nun wieder zuschlagbereit in der Rechten, um den Couchtisch herum und beugte sich ein wenig nach vorne, um seine Augen sehen zu können. Die wurden aber von seltsamen Speckwülsten verdeckt. Ihr war noch nie bei einem Menschen aufgefallen, dass er auch neben den Augen dick sein konnte, aber gut. Sie lernte nie aus. Einerseits war es ihr unangenehm, so ungewiss über seinen Zustand zu bleiben, andererseits wagte sie es auch nicht, ihn zu berühren. Ihr ekelte vor diesem stinkenden Körper. Da roch sie es, bevor sie es sah. Seine Blase entleerte sich. „Du Drecksau", dachte sie nun wütend. „Ist das der Dank, dass ich dir die Türe geöffnet und dich in mein Haus gelassen habe? Jetzt brunzt du mir auf meinen Wohnzimmerteppich. Den kann ich wegwerfen, verbrennen lassen, zum Sondermüll geben! Das geht jetzt wirklich zu weit!" Bebend vor Zorn lief sie geradezu in die Küche, kramte unter ihren Regalen in den Körben, in denen sie ihre Plastikeinkaufstaschen sammelte. Sie zog zwei verschiedene heraus, die ihr besonders reißfest erschienen. Damit eilte sie zurück ins Wohnzimmer. Dort nahm sie eine Rolle Paketklebeband aus der Schublade und begann sofort einen Streifen abzulösen und mit Hilfe der Zähne abzureißen. Kurz bevor sie bei ihm war, erstarrte sie dann doch noch einmal. Nein, das konnte sie nicht. Nicht ohne Handschuhe. Sie wollte diesen Fleischberg nicht berühren. Also holte sie noch schnell die dicken Putzhandschuhe aus dem Abstellraum. „Ja, so wird das gehen", dachte sie nun beinahe fröhlich und ging zurück zu ihm. Ein ekelhafter Uringeruch breitete sich aus und vermischte sich mit dem ohnehin schon mehr als belastenden Basisgestank. Sie hielt die Luft an, griff nach seiner linken Hand und zog sie hinter den Rücken. Dann griff sie über ihn, um auch die Rechte zurückzuziehen, musste sich dafür allerdings beinahe über ihn legen, weil er so breit war. Beinahe hätte sie gekotzt, als sie ihm so nahe war. Aber dann, sobald sie beide Hände hinter dem Rücken hatte und sie sorgfältig mit Paketklebeband fixierte, hatte sie sich schon wieder gefangen. Sie nahm beide Plastiktaschen und zog sie ihm über den Kopf. Am Hals schloss sie sie nun ebenfalls mit einem langen Streifen Klebeband luftdicht ab und trat wieder einen Schritt zurück. Wenn er schon tot war, wäre es ja egal, was sie hier machte und wenn nicht, bewahrte es sie vor einem etwaigen Wutausbruch, wenn er wieder aufgewacht wäre. Zitternd stand sie da und wartete. Der Gestank allerdings ließ sie weiter zurückweichen. Wenn er jetzt starb, bestand die Möglichkeit, dass zusätzlich zu dem Urin auch noch...

„Ach du Scheiße, warum habe ich denn nichts untergelegt", fragte sie sich ärgerlich. Dieser Typ war doch die Höhe. Sogar nach seinem Ableben machte er noch Scherereien. Sie hatte keine Lust mehr auf etwaige Erstickungszeichen zu achten. Lieber wollte sie vor dem Haus nachsehen, ob er da ein Auto abgestellt hatte. Obwohl – gehört hatte sie nichts, vielleicht war er ja zu Fuß unterwegs, weil er ganz in der Nähe einen Stützpunkt hatte. Seinen Zustand hätte das zwar nicht entschuldigt, aber zumindest erklärt.

Sie trat vor das Haus, schloss die Türe hinter sich ab und ging langsam in Richtung Straße. Wo würde sie strategisch günstig parken, wenn sie hier in der Nachbarschaft Klinken putzen wollte. Sie blickte nach links und rechts, wenn sie eine Querstraße betrat, fand allerdings kein Auto, das zu dem dicken, kleinen Mann gepasst hätte. Es wäre sicher völlig überdimensioniert, etwas veraltet und innen komplett verdreckt. Dessen war sie sich sicher. Wahrscheinlich konnte man sogar von außen noch den kalten, abgestandenen Zigarettenrauch riechen. Sie war schon fast zehn Minuten unterwegs. Nein, in dieser Richtung glaubte sie nicht, das gewünschte Fahrzeug finden zu können. Und selbst wenn? Was sollte sie dann tun? Es mit zu sich nehmen? Sie schnaubte. Warum hatte sie nicht daran gedacht, seine Taschen nach einem Auto- oder Hotelschlüssel zu durchsuchen? Weil sie weg wollte. Weg von dem Geruch, den Ausdünstungen, dem nicht sehr erfreulichen Anblick. Sie zuckte mit den Achseln, drehte um und ging wieder zurück. Sie achtete nicht mehr besonders auf abgestellte Autos, sondern sah sich ihre Umgebung an. Es war eine typisch ländliche Wohngegend. Einfamilienhäuser dominierten das Bild, aber auch einige Zwei- oder Mehrparteienhäuser standen meist inmitten von schön gepflegten Gärten. Naja, was die Leute hier eben für gepflegt hielten. Da waren die Geschmäcker ja ganz verschieden. Schon oft war sie auf ihren Spaziergängen gedankenverloren vor einem besonders akkurat angelegten Garten gestanden und hatte sich gefragt, was die Besitzer sich dabei wohl gedacht haben mochten. Glaubten sie wirklich die Natur sei dazu da, sie mit allen möglichen Hilfswerkzeugen in ein Paradies für

Zwangsneurotiker zu verwandeln? Sie glaubte es sofort, als ihr ihre Freundin Petra einmal erzählt hatte, dass ihr geschiedener Mann den Rasen frisierte, damit alle Halme in die gleiche Richtung zeigten. Zwar hatte sich das später als Aprilscherz herausgestellt, aber sie war sich nicht ganz sicher, ob da nicht doch ein Körnchen Wahrheit mit drinnen gesteckt hatte.

Schon stand sie wieder vor ihrem Haus. Sie war so in Gedanken gewesen, dass sie ganz vergessen hatte, wer, bzw. was da drinnen auf sie wartete. Plötzlich wurde ihr ganz elend. Was hatte sie getan? Was sollte sie denn mit so einer Riesenleiche anfangen? Der Mann hatte sicher hundert Kilo gewogen und leblose Körper waren noch schwerer. Das wusste sie aus ihrem Erste-Hilfe-Kurs, den sie alle fünf Jahre auffrischte. Wohin sollte sie ihn den bringen? Wäre es nicht besser gewesen, ihn einfach liegen zu lassen, auf die Straße zu laufen und laut um Hilfe zu rufen? Dann hätte sie sich eine Geschichte ausdenken können, in der sie aus Notwehr gehandelt hatte und wer weiß, gestorben wäre er vielleicht trotzdem. Aber so? Hände gefesselt, Plastiksack über dem Kopf. Das wirkte ja beinahe wie ein Vorsatz! Nein, den konnte man ihr wirklich nicht anhängen. Sie hatte ihn ja nicht eingeladen. Sie kannte diesen Mann doch gar nicht. Sie stand noch immer vor der verschlossenen Haustüre. Da hörte sie Schritte den Gehsteig entlang kommen.

„Du bist heute ja luftig unterwegs. Frierst du denn gar nicht, in deinem dünnen Pullover?" fragte die Stimme ihrer Nachbarin fröhlich. Sie drehte nur den Kopf ein kleines Stück in ihre Richtung und sagte:

„Nein, ich war nicht lange draußen. Musste nur kurz was nachsehen. Ciao", und betrat ihr Haus. Sie konnte ihn schon von hier aus riechen. Das ging ja gar nicht. Also schloss sie als erstes die Wohnzimmertür und holte aus dem ersten Stock eine Packung Räucherkegel. Sandelholz. Sie nahm sie mit in die Küche, holte eine Schachtel Streichhölzer aus der Schublade der Anrichte und zündete gleich mal 3 Kegel an. Als die Spitze gut durchgeglüht war, blies sie die kleine Flamme aus und stellte sie in der Küche und im Gang auf kleine Unterteller. Dann setzte sie sich wieder auf den Platz, an dem sie gesessen hatte, als es an der Tür geklingelt hatte. Sie brauchte jetzt als erstes eine Tasse Tee. Schwarztee – da war doch sicher noch einer, den ihr ihre Schwester vor einem knappen Jahr aus Sri Lanka mitgebracht hatte. So einen würde sie sich aufbrühen – schön stark. Dazu nahm sie sich aus der ersten Schublade ihres Tiefkühlers ein Stück Mandel-Orangen-Gugelhupf. Den hatte sie kürzlich von einer ehemaligen Arbeitskollegin mitgebracht bekommen und hatte die Reste, sprich: fast dreiviertel des Kuchens, stückweise eingefroren. Das Kuchenstück legte sie auf ein Teller und stellte es kurz ins Backrohr. Dann schaltete sie den Wasserkocher ein und löffelte ein bisschen von dem Tee in einen Teefilter. Den übergoss sie anschließend mit dem kochenden Wasser und klemmte ihn unter dem Deckel der Teekanne fest. Sie schaltete das Backrohr wieder aus, ließ den Teller aber noch kurz drinnen stehen. Erst als der Tee fertig gezogen hatte und sie sich die erste Tasse einschenkte, nahm sie es heraus, legte sich eine Kuchengabel dazu und bestreute ihn mit Puderzucker.

So. Was hatte sie für Möglichkeiten:

Nummer eins: Sie ließ die Leiche liegen und hoffte darauf, dass Schmeißfliegen und Maden sie zersetzten und auflösten. Eher unrealistisch, äußerst unappetitlich.

Der Kuchen war ausgezeichnet und ergänzte den starken Tee ganz vorzüglich!

Nummer zwei: Sie rief die Polizei, erzählte ihnen was vorgefallen war und wurde verhaftet. Dann würde sie vermutlich verurteilt werden und käme ins Gefängnis. Oder in die Psychiatrie. Ziemlich realistisch, nicht unbedingt ihre erste Wahl, aber keine Katastrophe. Ihre Arbeit ging ihr sowieso auf die Nerven, ein besonders aufregendes Privatleben hatte sie auch nicht, also was spräche gegen ein paar Jahre Auszeit im Gefangenenhaus? Was sie daran störte war, dass sie dort ihre ausgeprägte Neigung sich abzuschotten wohl kaum ausleben können würde.

Nummer drei: Sie rief die Polizei und sagte, sie kam nach Hause und fand die Leiche auf ihrem Wohnzimmersofa. Das war eine Überlegung wert. Wer könnte ihr da einen Strich durch die Rechnung machen? Hatte jemand sie gesehen, wie sie nach Hause kam? Beim zweiten Mal ja, aber beim ersten Mal – vielleicht nein! Aber dann müsste sie schauspielern. Erschüttert tun. Das lag ihr nun mal so gar nicht. Also doch nicht die Traumlösung, aber immerhin eine Option.

Nummer vier: Sie überlegt sich eine Möglichkeit, die Leiche verschwinden zu lassen. Wenn dieser Mann doch nur nicht so dick gewesen wäre! Sie sah keine Möglichkeit ihn im Ganzen irgendwo anders hin zu transportieren. Und zerteilen? War auch nicht so einfach. Wozu hatten die Metzger denn all ihre Spezialgeräte und Muskeln? Aber wenn nicht mechanisch, dann vielleicht chemisch? Säure könnte helfen. Wie viel Säure braucht man, um einen hundert Kilo Mann (geschätzt) aufzulösen. Aber: da blieb ja dann die Säure übrig. Die konnte sie ja schlecht Flaschenweise zum Recyclinghof fahren und dort entsorgen. Da wäre sie ja Jahre damit beschäftigt. Irgendwann würde das dann auch auffallen.

Sie seufzte. Wenn sie nicht so unbedacht gewesen wäre, hätte sie ihn einfach vor der Haustüre die Stiege hinunterstoßen können. Aber da wusste sie ja noch nicht, mit was für einem Ekelpaket sie es zu tun haben würde. Der Tee wurde kalt, der Kuchen war aufgegessen. So, jetzt musste sie sich entscheiden. Eins, zwei, drei, lieber bleib ich frei, sang sie leise. Also die Nummer drei. Sie musste ja nicht übertreiben.

Sie verräumte noch schnell das Kuchengeschirr – das könnte sonst den Gesamteindruck stören und holte ihr Telefon. Musste sie nun die Notrufnummer wählen oder die der nächsten Polizeidienststelle. Die war nämlich nur gut siebenhundert Meter von ihrem Haus entfernt. Die waren sicher schneller da, als sonst wer. Wo stand denn diese Nummer? Zuerst ins Internet gehen und die Nummer raus suchen? Nein, wieder wegen des Gesamtbildes. Also doch die 122? Nein, das war die Feuerwehr... Feuer... wäre es möglich, ihn zu verbrennen? Aber wo? Im Garten ja, aber wie könnte sie ihn bis dorthin bringen. Und stank das nicht ganz fürchterlich? Bei dem Typ sicher.

Ach, sie hatte einfach keine Lust, sich heute noch diversen Befragungen auszusetzen. Andererseits wollte sie auch nicht einfach hier sitzen bleiben und ihr Wohnzimmer von einer stinkenden Leiche besetzt wissen. Also doch anrufen. Sie wählte. Freizeichen. „Notrufzentrale, was kann ich für sie tun?" tönte eine Männerstimme aus dem Hörer.

„Ich, ich weiß nicht, was ich tun soll. Da ist ein Toter bei mir im Haus und ich," ihre Stimme klang plötzlich brüchig, so als hätte sie tagelang nicht gesprochen. Ihr wurde schwindlig und heiß und sie fühlte, wie die Beine unter ihr nachgaben. Verwirrt schaute sie um sich. Sie saß am Boden in ihrer Küche, den Rücken an den Herd gelehnt. Das Telefon lag einen halben Meter rechts vor ihr. Sie hatte das Gefühl, keinen Finger rühren zu können. Plötzlich hörte sie laute Motorengeräusche die quietschend vor ihrem Haus verstummten. Autotüren. Stimmen. Etwas krachte, sie hörte Glas splittern und auf einmal waren viele Beine in ihrer Küche. Die meisten hatten dunkelblaue Hosen an, nur zwei trugen sandfarbene Jeans. Die waren ziemlich dünn und steckten in braunen Wildlederstiefletten. „Was Polizisten heutzutage im Dienst so tragen", dachte sie noch bei sich, dann kippte sie wieder weg.

Langsam kam sie zu sich. Es dauerte eine Weile, bis sie sich orientieren konnte.

„Sie ist wach", hörte sie eine Frauenstimme sagen. Eine kühle Hand legte sich auf ihren linken Unterarm.

„Frau Bergmaier, können sie mich hören?" Sie räusperte sich und nickte.

„Können sie mir ihren vollen Namen nennen?"

„Elisabeth Bergmaier", krächzte sie.

„Welches Datum haben wir heute?"

Verdammt, war sie da in irgendeine doofe Quizshow geraten oder was sollte die Fragerei. Aber dann bemerkte sie, dass sie überlegen musste. Welcher Tag war denn wirklich? Welcher Wochentag? Es war ein Arbeitstag gewesen, dessen war sie sich sicher. Hatte sie sich den Kopf gestoßen? War der Tee schlecht gewesen? Wieso konnte sie sich nicht an das Datum erinnern?

„April, sagte sie schließlich. Irgendwas am Anfang. Ich glaube, der 3.April."

„Na, das war ja schon ganz knapp dran", antwortete die Frauenstimme. Wo war eigentlich der dazugehörige Mensch? Sie konnte sie hören, aber nicht sehen.

„Heute ist Mittwoch, der zweite April 2014", sagte die Stimme, die nun auch in Form einer jugendlich wirkenden Frau sichtbar wurde, die ihr bekannt vorkam. „Erkennen sie mich?" fragte die Frau nun.

„Sie sind, ich glaube ich habe schon mit ihnen gesprochen. Sind sie Ärztin"? fragte sie unsicher.

„Ja, ganz genau. Sehen sie, das wird schon wieder. Sie haben vermutlich einen Schock Frau Bergmaier. Aber wir kümmern uns jetzt um sie."

Was in den nächsten Stunden passierte, nahm sie wie durch einen Schleier wahr. Die Geschäftigkeit in ihrem Haus, die Infusion, durch deren Schlauch langsam eine gelbliche Flüssigkeit in sie hineintropfte. Die Stimme der Ärztin – sie konnte sich einfach nicht an ihren Namen erinnern! - die immer wieder beruhigend auf sie einsprach. Sie lag auf der Couch in ihrem Gästezimmer, die Tür zum Gang war geschlossen. Trotzdem hörte sie es nebenan im Wohnzimmer rumoren. Da waren noch weitere Männer gekommen, es wurde gesprochen, teilweise gescherzt, aber alles in einer sehr gedämpften Lautstärke, was ihr sehr angenehm war. Sie hatte das Gefühl, dass jedes laute Wort, jeder schrille Ton sich in ihrem Kopf vervielfältigen würde. Dann nahm das Gemurmel ab, eine quietschende Liege wurde hin und hergeschoben, ein paar Möbel zur Seite gerückt und dann wurde – so vermutete sie zumindest – der Tote abtransportiert. Die Tür öffnete sich und ein großer, schlanker Mann trat ein. Elisabeth blickte auf seine Hosen. Es war eine der vielen blauen. Sie blickte weiter zu den Schuhen und meinte, auch die zuvor bei sich in der Küche schon mal gesehen zu haben.

„Frau Bergmaier, gibt es jemanden, bei dem sie heute Nacht bleiben könnten. Nach unserer Erfahrung ist es nicht gut, wenn sie alleine hier im Haus bleiben. Das wäre nach dieser traumatischen Erfahrung wohl zu viel für sie."

Sie blickte ihn verwundert an. Unter anderen Umständen hätte sie überlegt, ob das wohl ein Angebot sein könnte. Aber es waren nun mal diese Umstände. Die Umstände, dass da ein Toter bei ihr herumlag, als die Polizei das Haus aufbrach und sie bewusstlos in der Küche vorfand. Mittlerweile hatte sie sich nämlich wieder gefangen und war völlig klar im Kopf. Warum sie kurzzeitig so weggetreten war, wusste sie selbst nicht. Aber es war - fürs Gesamtbild – wohl nicht das Schlechteste, was ihr passieren konnte.

„Ich würde wirklich gerne hier bleiben", antwortete sie leise. Ich gehe dann ja rauf in den ersten Stock und muss gar nicht mehr ins Erdgeschoß. Und morgen, " sie brach ab. Was wäre morgen? Was wäre zu tun?

„Morgen wäre es nett, wenn sie zu uns in die Polizeidirektion kommen könnten" antwortete der lange Dünne. „Sie sind für morgen und übermorgen noch krankgeschrieben, aber nichts spricht dagegen, dass sie zu einer Zeugenaussage für ein oder zwei Stunden das Haus verlassen. Trotzdem wäre es ratsam, wenn sie bei einer Freundin oder einer Verwandten übernachten könnten."

„Ich werde darüber nachdenken. Aber im Moment habe ich das Gefühl, mir ginge es hier am besten." Sie lächelte vorsichtig. „Wann muss ich denn morgen bei ihnen sein?"

„Gegen 10 Uhr. Fragen sie einfach nach Inspektor Halmreich." Er sah sich noch mal prüfend in dem kleinen Zimmer um, nickte ihr dann zu und verließ den Raum. Nach kurzer Zeit kam er zurück und schüttelte bedauernd den Kopf.

„Es tut mir leid, Frau Bergmaier, aber wir müssen die Wohnung, bzw. das Haus abriegeln. Es muss noch untersucht werden, ob es sich hier um einen Tatort handelt und daher müssen wir darauf bestehen, dass sie zumindest die nächste Nacht nicht hier verbringen."

Sie nickte, sah auf und sagte: „Nun gut, dann werde ich mal etwas für heute und morgen einpacken". Sie überlegte kurz. „kann ich denn auch in einem Hotel übernachten? Ich wäre jetzt wirklich gerne alleine."

Kommissar Halmreich zögerte, aber nachdem ihm kein schlüssiges Gegenargument einfiel, willigte er ein. Kurze Zeit später saß sie in ihrem Hotelzimmer und lauschte auf die Stille. Die Geräusche von draußen, von der Straße, den Zimmernachbarn waren wohl noch zu hören, aber hier, in diesem Zimmer wurde es nun ganz ruhig. Wie sehr sie diese Ruhe vermisst hatte, wurde ihr erst jetzt klar, als sie zurückkehrte. Sie hatte sich ein Buch eingepackt, hatte aber keine Lust, es zu lesen. Also saß sie einfach nur da und überlegte. Noch niemand hatte sie befragt, das kam ihr sonderbar vor. Immerhin war sie die Hausbesitzerin, die Person, die den Leichenfund gemeldet hatte und somit doch wohl die Hauptverdächtige!? Beinahe schien es ihr, als würden sie ihr die Tat gar nicht zutrauen! Sie zog eine Schnute. So wie früher, als Kind oder auch später, als Teenager, wenn sie das Gefühl hatte, nicht ernst genommen zu werden. Aber vielleicht sollte sie sich einfach darüber freuen, dass die Ideen des langen Dünnen in eine ganz andere Richtung zu gehen schienen. Morgen würde sie ja sehen, ob sie verdächtigt wurde oder nicht. Und wenn, welche Geschichte sollte sie ihnen auftischen? Nach Hause gekommen, nicht gleich gesehen, später dann ja, Schock, Telefonat, keine Erinnerung mehr an Einzelheiten. Damit wollte sie es versuchen. Es konnte doch nicht so schwer sein, sich für ein paar Stunden, Tage, Monate einfach stur dumm zu stellen. Aber was, wenn sie trotzdem Beweise fanden? Nur welche? Fingerabdrücke auf der Pfanne waren leicht zu erklären, die auf dem Paketklebeband nicht. Egal. Für heute war genug passiert in ihrem kleinen, ruhigen Leben. Sie legte sich auf Bett und schlief sofort ein.

Am nächsten Morgen brauchte sie einige Zeit, um sich zu orientieren. Das fremde Zimmer, ungewohnte Geräusche, die Uhrzeit. Eigentlich hätte sie jetzt schon im Zug sitzen und zur Arbeit fahren müssen. Aber sie war ja krankgeschrieben. Also ließ sie sich Zeit mit dem Anziehen und ging dann frühstücken. Sie war keine Freundin von diesen Hotelangeboten, die meistens Semmeln, Marmelade und Kaffee beinhalteten, was sie eines wie das andere nicht mochte! Hier wurde sie aber positiv überrascht. Ein kleines Buffet, das verschiedene Brotsorten, Schwarz- und Vollkornbrot ebenso beinhaltete, wie Käse, Gurken, Paprika und Tomaten. Sie legte sich eine kleine Auswahl auf ihren Teller, ging damit zu einem zweier Tisch, der aber nur für eine Person gedeckt war und bestellte dort einen Kräutertee. Eine Kanne, sie trank nämlich gerne schon am frühen Morgen mindestens einen Liter. Sie kam gerade in Urlaubslaune, als ihr einfiel, dass sie ja noch einen Termin in Salzburg hatte. Einen Termin – ha! Wie das klang. So, als ob sie sich aussuchen könnte, ob sie dorthin fuhr oder nicht. Sie traute dem Frieden heute gar nicht mehr. Wahrscheinlich war das hier sogar ihr letztes Frühstück in Freiheit. Sie schluckte. Dann stand sie auf, holte sich noch eine Schüssel Obstsalat und ein Stück Kuchen mit Schlag. Grimmig verspeiste sie diese beiden „Henkersmahlzeiten", ging dann zurück in ihr Zimmer, machte sich fertig, packte die kleine Tasche, die sie mitgebracht hatte und ging zur Rezeption um zu zahlen. Sie wusste nicht, ob sie die Tasche zurück in ihr Haus stellen durfte, oder ob sie dort gar keinen Zutritt hatte, also ging sie einfach auf Verdacht vorbei und stellte die Tasche im Vorhaus ab. Obwohl, den Schlüssel hatten sie ihr ja auch nicht abgenommen. Es klebte auch kein Siegel an der Tür. Also warum denn nicht, sie musste ja nicht ins Wohnzimmer und in den ersten Stock hatte sie gestern auch noch gehen dürfen. Vorsichtig trat sie ein. Plötzlich musste sie grinsen. Sie, die heute ein schlechtes Gewissen hatte, weil sie ihr eigenes Haus betrat, hatte gestern ohne Reue einen Menschen getötet. Wie verdreht war sie denn eigentlich? Auf Zehenspitzen stieg sie zu ihrem Schlafzimmer hinauf und ließ sich dort auf ihr Bett fallen. Sie legte sich zurück, blickte zur Decke, dann nach links in Richtung Fenster, nach rechts zur Tür. Im Stillen verabschiedete sie sich von allem.

Knapp zwei Stunden später, im Zimmer von Inspektor Halmreich schämte sie sich für ihr theatralisches Verhalten. Keine seiner Fragen ging in die Richtung, dass sie verdächtigt wurde. Sein Verhalten deutete eher darauf hin, dass es ihm peinlich war, sie nach den Unannehmlichkeiten, die sie gestern erlitten hatte, heute auch noch belästigen zu müssen. Mit der Zeit allerdings, bemerkte sie, dass die Fragen immer persönlicher wurden. Hatte er mit: „Ist Ihnen irgendetwas beim Aufschließen der Haustüre aufgefallen?" oder „Haben Sie in letzter Zeit einen Schlüssel verloren oder vermisst?" begonnen, war er jetzt schon bei: „Haben Sie Kontakte zu Personen, die in radikalen Vereinen Mitglied sind?"

„Was meinen sie mit radikalen Vereinen", fragte sie nach.

Er holte tief Luft und sagte dann mit sehr sanfter Stimme: „Frau Bergmaier, wir haben Ihnen noch gar nicht gesagt, dass wir die Identität des Toten gestern noch klären konnten. Es handelt sich bei ihm um einen verurteilten Betrüger und vermutlich auch Vergewaltiger. Dafür wurde er allerdings noch nie rechtskräftig verurteilt."

Sie spürte, wie sämtliche Luft aus ihr entwich. Sie sackte zusammen, wie Salzburger Nockerl, denen man einen Schreck eingejagt hatte.

„Dann ist ja gut", murmelte sie.

„Wie bitte?" Der Inspektor sah sie scharf an. „Was sagten sie da gerade?"

„Nichts, nichts", beeilte sie sich zu antworten. „Ich meinte nur, dass es gut ist, dass sie so schnell herausgefunden haben, wer er ist. Nichts schlimmer, als wenn jemand einen Menschen vermisst und nicht in Erfahrung bringen kann, was mit ihm geschehen ist." Sie hörte sich selbst reden und glaubte, sie sei im Kino! Woher kam das denn? Ihr Gegenüber schien sie damit allerdings wieder beruhigt zu haben. Er fiel wieder in seinen gewohnten Tonfall und fragte sie noch einige Dinge zu ihrem Tagesablauf gestern. Ganz zum Ende sah er sie dann an und fragte plötzlich ganz direkt:

„Wie kann ein Toter in ihrem Haus liegen, das weder aufgebrochen war, noch befand sich eine dritte Person darin." Wie hätte der Täter das bewerkstelligen können, ohne dass er Sie und Sie ihn kannten und Sie ihm Zutritt zu Ihrem Haus gegeben haben?" Sie sah ihn an. Scheinbar war es ihm immer noch nicht in den Sinn gekommen, dass sie die Mörderin war. Langsam wurde sie wirklich ärgerlich. Sie hob den Kopf, straffte ihre Schultern und sagte dann:

„Ich dachte schon, sie würden nie fragen. Der Täter hatte natürlich einen Hausschlüssel. Der Täter bin nämlich ich."

Kurz stockte der Inspektor. Dann schüttelte er leicht den Kopf und sagte mit resignierter Stimme: „Aber Frau Bergmaier. Wen versuchen Sie denn mit so einer Aussage zu schützen? Stellen Sie sich mal vor, Sie haben hier einen Heißsporn sitzen, der nur darauf aus ist, schnell eine Verurteilung zu erzielen, aber nicht, die Wahrheit herauszufinden. Dem ist das egal, ob Sie offensichtlich lügen oder nicht. Der sperrt Sie ein, für Jahre!" Sie war überrascht. So wenig Reaktion auf ein Geständnis hatte sie nun wirklich nicht erwartet.

Nach einigen weiteren für sie belanglosen Fragen, wurde sie noch in ein anderes Zimmer geschickt, um dort ihre Aussage zu unterschreiben. Dann konnte sie gehen. Sie stand vor der Tür der Polizeidirektion und wusste nicht recht, wohin. Ab dem frühen Nachmittag durfte sie wieder in ihr Haus. Zwar noch mit der Einschränkung, das Wohnzimmer noch einen weiteren Tag nicht zu betreten, aber immerhin konnte sie wieder zu Hause schlafen und essen. Der Tag war angenehm, windstill und mild, also beschloss sie einen Spaziergang in die Altstadt von Salzburg zu unternehmen. Dort würde sie dann noch in einem Café eine Kleinigkeit essen und wieder mit dem Bus nach Hause fahren.

Die nächsten Tage verliefen ereignislos. Nach drei Tagen ging sie wieder zur Arbeit, wo sie zwar von allen angestarrt wurde, als trüge sie die Leiche noch umgeschnallt mit sich herum, angesprochen wurde sie aber von niemanden. Vielleicht waren ihre Kolleginnen ja gewarnt worden, dieses Trauma bei ihr nicht mehr aufzureißen und sie schwiegen deshalb so ehrfürchtig. Aber auch das verging und alles lief dahin wie gehabt. Dann läutete eines Vormittags das Telefon. Sie hob nicht ab, weil sie das nie tat, wenn sie die Nummer nicht kannte und wartete, ob ihr jemand eine Nachricht hinterlassen würde. Und tatsächlich. Eine knappe Minute nach dem Läuten kam schon der Mitteilungssignalton. Sie hörte die Mailbox ab und zu ihrem Erstaunen, war die Nachricht von

„ihrem Polizisten", wie sie Inspektor Halmreich mittlerweile für sich nannte. Sie müsse dringend noch am gleichen Tag zur Polizeidirektion kommen, leider sei bei der Ermittlung eine ganz dumme Panne passiert, nämlich die, dass keiner daran gedacht hatte, von ihr Fingerabdrücke zu nehmen, um die im Haus und auf der Leiche aufgefundenen mit ihren abgleichen zu können. Hoppla! dachte sie bei sich. Jetzt wird es vielleicht doch noch eng. Sie überlegte kurz. Wie viele unterschiedliche Fingerabdrücke hatten sie wohl gefunden, wenn sie ihre auch haben wollten? Wenn nur ihre gefunden worden wären, hätte sich der Inspektor wohl in einem anderen Ton bei ihr gemeldet oder sie gleich von hier abholen lassen. Aber wenn da noch andere Abdrücke waren – woher kamen die?

Sie bemerkte, dass ihre Konzentration auf die Arbeit nicht mehr die größte war und so ging sie zu ihrer Vorgesetzten, zeigte ihr die Nummer am Display und sagte, sie müsse so schnell wie möglich noch einmal zur Polizei. Ob das in Ordnung gehe, wenn sie das jetzt gleich erledigen würde. Ihre Vorgesetzte schaute zwar nicht begeistert, traute sich aber scheinbar nicht, gegen eine polizeiliche Anordnung etwas zu sagen.

Sie zog sich um und spazierte dann in aller Ruhe durch die Altstadt, schlenderte durch die Gassen, kaufte sich in einer Bäckerei noch ein belegtes Brot und etwas zu trinken. Dann ging sie, sonderbar leicht und fröhlich (sie fragte sich, ob das der Wahnsinn war, der schon bei ihr anklopfte) zu ihrem Henkerstermin. Sie meldete sich beim Eingang der Polizeidirektion an und wurde schon nach kurzer Zeit von einem jungen Beamten, dessen Ohren in einem wunderbar tiefen Rot glühten, in ein Zimmer geführt, wo er sie ersuchte zu warten. Kaum war er aus der einen Tür draußen, öffnete sich die andere und ihr Polizist kam herein.

„Frau Bergmaier, danke, dass sie so schnell kommen konnten. Es ist ja wirklich peinlich, dass uns das passiert ist, aber in der Aufregung, als sie von der Ärztin versorgt wurden, dachte einfach keiner vom Team daran, Ihnen noch das Stempelkissen unter die Finger zu halten. Können wir das jetzt bitte nachholen?!"

„Aber sicher. Heißt das, dass Sie Fingerabdrücke an der Leiche gefunden haben?" antwortete sie freundlich naiv, wie sie hoffte.

„Darüber kann ich Ihnen zum jetzigen Zeitpunkt leider keine Auskünfte geben" antwortete er wie aus der Pistole geschossen. Eben passend für einen Polizisten.

Alles was anschließend geschah, nahm sie wie durch einen Zeitraffer wahr. Die Abnahme der Fingerabdrücke, die kurze Wartezeit, in der sie mit den gefundenen abgeglichen wurden, die neuerliche Befragung und die Mitteilung, dass sie vorübergehend festgenommen sei, wegen Verdunkelungsgefahr. Auf einmal saß sie in einer Zelle in U-Haft und sie fühlte sich, als ob sie gerade erst aufgewacht sei. Die Tage, bis zu ihrer Verhandlung vergingen schnell, obwohl sie nichts zu tun hatte. Sie ging gerne in Gedanken die Möglichkeiten durch, die sie alternativ zum Mord sonst noch gehabt hätte. Nicht öffnen, den dicken Mann nicht einlassen oder sofort wieder aus dem Haus weisen, nicht zuhause zu sein, wenn er läutet, geduldig zuhören, während er ihren Kaffee trank, alles unterschreiben, was er wollte, oder aber: ihn erschießen, ihn köpfen, ihn erstechen, ersticken, vergiften. Ihr persönlich gefielen die letzten Alternativen besser als die Ersten. Aber dann wäre sie in genau der gleichen Lage, wie jetzt. Obwohl – wenn sie ehrlich war, so richtig störte sie das Ganze gar nicht. Sie musste nicht mehr an ihre langweilige Arbeitsstelle, sie musste keine Vertreter verjagen, ersparte sich Tag für Tag die präpotenten Autofahrer, die überfüllten Pendlerzüge, die lauten und lärmenden Schüler. Sie bekam regelmäßig zu essen und nachdem sie sich angewöhnt hatte, mit den Aufseherinnen gelegentlich ein paar Worte zu wechseln, hatte sie auch wieder soziale Kontakte. Mehr gesprochen hatte sie sonst auch nicht, wenn sie alleine zu Hause saß. Sie bekam ausreichend Lesestoff und 1x am Tag durfte sie im Innenhof des Gefangenenhauses ihre Runden drehen oder einfach nur rumsitzen und den Himmel betrachten. Sie wagte es kaum, es sich selbst einzugestehen, aber im Grunde ging es ihr gut. Sie war zufrieden mit ihrer kleinen Welt und vermutlich würde auch die Übernahme in die „normale" Haft daran nichts ändern. Besuch bekam sie keinen. Wer hätte sie auch besuchen sollen? Vermutlich wussten gerade mal ihre Arbeitskolleginnen, dass sie in Haft war, denn sie war ja schließlich direkt von der Arbeit zur Polizei gegangen und gleich dort geblieben. Das war ein kleiner Punkt, der sie doch ein wenig nervte – wenn sie geahnt hätte, wie nah ihre Verhaftung schon war, hätte sie die letzten paar Arbeitstage geschwänzt! Was hatte es für einen Sinn zur Arbeit zu gehen, wenn man schon einige Tage danach für Jahre weggesperrt wurde? Diesen Gedanken äußerte sie einmal ihrem Pflichtverteidiger gegenüber. Er sah sie entsetzt an und fragte sie dann: „Ja aber denken sie doch mal an die Zukunft! Was hätte das denn für ein Bild gemacht, wenn sie einfach nicht mehr zur Arbeit gegangen wären?" Daraufhin bekam sie einen Lachkrampf und sie überlegte sich, was sie eher bei einer neuerlichen Stellenbewerbung verschweigen würde. Ein paar Tage blaugemacht zu haben oder eine mehrjährige Haftstrafe!

Die Verhandlung selbst war etwas enttäuschend. Naja, wahrscheinlich hatte sie auf Grund der vielen Fernsehserien, die im Gericht spielten gehofft, doch ein Verteidigerteam auf ihrer Seite zu haben, Reporter im Gerichtssaal zu sehen und zumindest ein paar Zuschauer. Dabei lief alles ganz nüchtern und steril ab. Die Anklage, die Verteidigung, ein Gerichtsdiener und der Richter selbst. Die Fakten waren bekannt, sie war geständig, ihr Verteidiger versuchte nur, das Strafmaß zu senken, in dem er auf Notwehr bzw. Kurzschlusshandlung plädierte. Ob es etwas genutzt hatte, konnte sie schlecht beurteilen, sie empfand die sieben Jahre Haft als durchaus angemessen. Sie bedankte sich beim Richter, dem Staatsanwalt und ihrem Verteidiger und verließ mit einem guten Gefühl das Gerichtsgebäude. In den nächsten beiden Tagen blieb sie noch in der gleichen Zelle, in der sie ihre Untersuchungshaft verbracht hatte, dann wurde sie in die Strafvollzugsanstalt Garsten verlegt. Dort verbrachte sie die nächsten Jahre ihres Lebens. Es ging ihr nicht schlecht dabei, nur manchmal, wenn sie Nachts nicht schlafen konnte, wurde sie unruhig bei dem Gedanken, diese geschützten Mauern eines Tages wieder verlassen zu müssen. Allerdings – so wurde ihr von vielen ihrer Mithäftlingen versichert – sie konnte jederzeit wieder hierher zurückkommen. Was sie dafür tun musste, wusste sie jetzt ja ganz genau.

Möglichkeit #4

Elisabeth saß in der Küche und blickte auf die Tasse Kaffee, die sie in der Hand hielt. Sie rieb sich die linke Wade, die ihr nach einem Krampf noch immer weh tat und überlegte, was sie heute zu tun hatte.- Arbeiten, das nahm ihr schon mal den Großteil des Tages. Sie hatte diesen Job nun schon seit bald zwei Jahren, obwohl sie zu Beginn davon überzeugt gewesen war, nicht länger als sechs Monate dort zu bleiben. Was war passiert? Sie hatte sich an das Geld gewöhnt, an die Regelmäßigkeit Beides Dinge von denen sie in den Monaten und Jahren davor sehr wenig gehabt hatte. Was war aber an Wichtigem zu erledigen? Sie musste unbedingt in ein Geschäft, um sich ein neues Mobiltelefon zu kaufen. Ihr altes funktionierte nur noch gelegentlich, schaltete sich mehrmals am Tag einfach aus und ließ sich manchmal auch nicht mehr einschalten. Obwohl, wenn sie ehrlich war, mochte sie die ganze Telefoniererei sowieso nicht. Gelegentlich war es zwar ganz praktisch, so wie gestern Nachmittag, als sie ihrer Freundin Anita das geplante Treffen absagen musste. Aber die meiste Zeit trug sie das Ding nur mit sich herum, um eine Uhrzeit, einen Wecker und gelegentlich einen Kalender griffbereit zu haben. Alles Dinge, die sie anders auch haben konnte. Aber nicht in einer Plastikhülse, in dieser Größe. Nein, ein neues Telefon musste her, da drückte sie sich ja eh schon so lange drum. Also musste sie heute nach der Arbeit einkaufen. Diese Aussicht hob ihre Laune auch nicht wirklich. Sie blickte auf die Uhr, seufzte, stand auf, schnappte sich eine Jacke und ihren Rucksack und spazierte los in Richtung Bahnhof.

Schon nach den ersten paar Metern musste sie lächeln. Leicht schüttelte den Kopf. Was war denn das für ein Morgen gewesen? Die schlechte Laune saß auf ihr, wie eine Katze, die sich irgendwo mit aller Kraft festkrallte. Aber sie spürte, wie der Spaziergang durch den Regen ihre Laune mit jedem Schritt wieder hob. Dabei half ihr auch die Musik, die sie auf ihrem mp3-Player programmiert hatte. Album Regenmusik hieß eine Zusammenstellung an schönen Regen- und Wetterliedern. Da war für jede Stimmung etwas dabei und spätestens bei: „It's raining men" von den Weather Girls war sie wieder mit dem Tag versöhnt. Auch ihre Krampfwade schien diese Signale aus ihrem Gehirn zu bekommen und der leichte Schmerz, den sie zuvor noch gespürt hatte, ließ immer mehr nach. Bis sie im Ort die Hauptstraße überquerte war sie wieder so wie immer. Gut gelaunt, ausgeglichen und etwas pragmatisch. Eine Autofahrerin, die trotz 30er Beschränkung viel zu schnell auf den Zebrastreifen zufuhr, lächelte sie an, hob die Hand kurz zum Dank und ging schwungvoll über die Straße. Das saure Gesicht der Fahrerin gab ihr einen zusätzlichen Aufschwung. Sie bremste sie einfach zu gerne aus, wenn sie dazu im Recht war und das Gefühl hatte, von den Fahrern wahrgenommen worden zu sein.

Am Bahnhof kam sie genau richtig an, dass sie mit der Ankündigung ihres Zuges den Bahnsteig betrat – herrlich, so mochte sie das.

In der Arbeit war alles wie immer, aber sie dachte für sich: „Routine gibt es überall, unfähige Vorgesetzte auch, aber hier habe ich zumindest nette Kolleginnen, die einem mit ein paar Blödeleien den Tag versüßen." So hatte Elisabeth es geschafft, die Stelle im Labor einer onkologischen Station, die sie ursprünglich nur angenommen hatte, weil ihr sonst das Arbeitsmarktservice das Geld gestrichen hätte, fast schon zu mögen. Zumindest bereitete sie ihr keine Kopf- oder Bauchschmerzen mehr, wie in den ersten sechs Monaten. Sie saß gerade mit ihrer Lieblingskollegin und einem Kaffee bei einer kurzen Pause, als Lena, eine ihrer Vorgesetzten hereinkam und wie üblich Stinkelaune verbreitete. Ungefragt begann sie den Grund für ihre Laune laut kund zu tun.

„Jetzt soll da irgend so ein Sozialberater einge-stellt werden, weil es scheinbar jemanden braucht, der die Patienten verunsichert, indem er ihnen Alternativen (die-ses Wort spie sie geradezu aus) aufzeigt, die es zu der von uns vorgeschlagenen Therapie noch gibt. So eine Frech-heit, als würden wir nicht die besten Therapievorschläge machen. Niemand bietet den Patienten so viele Studien an wie wir, sie müssen halt mitmachen, das ist doch nicht zu viel verlangt. So ein Blödsinn. Und dafür soll auch noch eine halbe Arztstelle eingespart werden. Nur weil sie bei der Konkurrenz scheinbar bessere Beratungsmög-lichkeiten haben." Sie schnaubte, knallte den Küchenkas-ten zu, der offen geblieben war, als sie sich eine Kaffee-tasse herausgenommen hatte und stob wieder aus dem Raum. Elisabeth schaute ihr nach – mit großen Augen und in ihrem Kopf begann es zu rattern und zu klackern.

„Was bitte war denn DAS?" fragte Anja fas-sungslos. „Wovon bitte hat sie denn gesprochen? Es gibt doch schon lange den Sozialdienst hier im Haus. Welche Konkurrenz?"

„Ich glaube, das wird mein Job." sagte Elisabeth verträumt lächelnd.

„WAS?" entfuhr es Anja jetzt, „wieso dein Job, was weißt du denn darüber?"

„Auch nicht mehr als das, was wir eben von Lena gehört haben", antwortete sie, „aber frag mich nicht wa-rum – ich glaube einfach, das wird mein Job. Und zwar der Traumjob, auf den ich jetzt schon seit über zwei Jah-ren warte. Ich muss mich da mal schlau machen." Sie standen auf und gingen wieder an ihre Arbeit. Die forderte sie so, dass sie völlig vergaß, was sie da gehört hatte. Am Nachmittag allerdings, als sie wie jeden Tag wieder im Zug nach Hause saß und gerade ganz kurz vor dem wegkippen war, fiel es ihr wieder ein. Der Job. Das hatte so geklungen, als würde da eine Stelle für einen Lebens- und Sozialberater geschaffen werden. Das war IHR Job. Sie hatte vor fast fünfzehn Jahren eine Ausbildung gemacht und auch längere Zeit selbstständig in dem Bereich gearbeitet, hatte es allerdings nie geschafft, das Geschäft so ins Laufen zu bringen, dass sie zufrieden gewesen wäre. Deshalb hatte sie beschlossen, wieder unselbstständig zu arbeiten und hatte im Beratungsbereich eine Arbeit gesucht. Leider waren die Stellen in dieser Branche so dünn gesät, dass das Arbeitsmarktservice eine Arbeit in ihrem Stammberuf aufgetan hatte, für den sie sich bewerben musste. Schließlich bezog sie zu diesem Zeitpunkt schon drei Monate Arbeitslosengeld und konnte sich keine Absagen mehr erlauben. So war sie in diesem Labor gelandet, das für sie zu Beginn die schiere Hölle gewesen war. Aber vielleicht war das die Chance, auf die sie nun schon so lange gewartet hatte.

Sie war viel zu aufgeregt, um wie sonst immer in ihr Heimfahrtsnickerchen zu fallen. Wen sollte sie fragen? Wen darauf ansprechen? Wo konnte sie fallen lassen, dass sie selbst Interesse an dem Job hätte, wenn sich herausstellen würde, dass er das war, was sie sich darunter vorstellte? So viele Fragen.

Sie beschloss, ihre Freundin Agnes anzurufen und ihr von der Sache zu erzählen. Sie half ihr oft durch ihre gezielten Fragen weiter. Außerdem würde sie gleich eine schöne Runde laufen gehen, um den Kopf frei zu kriegen. Das half immer. Anja war nicht so begeistert gewesen, das hatte sie gemerkt. Aber auch, wenn sie die neue Stelle kriegen würde, sie wären noch immer in der gleichen Abteilung und konnten sich gelegentlich auf einen Kaffee bei einem kleinen Päuschen treffen.

Zuhause angekommen, beschloss sie zuerst zu laufen und danach mit Agnes zu telefonieren. Die würde vermutlich erst später von ihrer Arbeit nach Hause kommen und dann auch erst mal froh über eine Pause sein. Deren unerschütterlicher Optimismus verwunderte sie oft. Das war in ihren Krisenzeiten schon so weit gegangen, dass sie schon beinahe aggressiv auf Agnes unbedarfte Fragen reagiert hatte. Andererseits hatten genau die ihr oft aufgezeigt, woran es bei ihr scheiterte. Automatisch war sie in ihre Laufsachen geschlüpft, hatte den Pulsgurt umgelegt und stand nun vor ihrer Haustüre. Ein kurzer Blick in Richtung Himmel ließ sie den Weg ostwärts nehmen. Dort auf dem Plateau würde sie noch lange die Spätnachmittagssonne genießen können. Die ersten paar Meter bergauf brachten sie zwar ins Schnaufen, aber sie fühlte sich wohl dabei. Schon nach knapp fünfzehn Minuten war sie in ihrem Trott. Sie lief heute ganz locker, ohne auf die Geschwindigkeit oder ihren Puls zu achten. Sie hatte anderes zu tun. Eine Strategie! Sie brauchte eine Strategie. Zu Lena brauchte sie wegen des Jobs nicht zu gehen. Dass die von der ganzen Sache nichts hielt, war klar rübergekommen und auch sehr nachvollziehbar, denn sie war nun mal eine Wissenschaftsärztin, wie sie im Buche stand. Aber Vera konnte sie doch einmal fragen. Die war einerseits viel offener diesen Dingen gegenüber und auch um Klassen gelassener. Vielleicht wusste die auch mehr über diese Ausschreibung. Oder aber sie sprach mit Daniela? Die war ja gut befreundet mit Lena und erfuhr von ihr oft Insiderinformationen. Oder einfach beides. Ja, genau. Sie würde in den nächsten Tagen einfach beide darauf ansprechen.

Wenn sie aufmerksam genug war, würden sich sicherlich genügend Möglichkeiten bieten. Das war immer so. Nachdem sie diesen Beschluss gefasst hatte, begann sie wieder mehr auf ihre Umgebung zu achten. Sie hatte eine Route gewählt, die sie knapp vor dem Umkehrpunkt durch einen Waldweg auf eine Lichtung führte, von wo aus sie einen wunderbaren Ausblick über das Land hatte. Sie blickte direkt westwärts in die schon tief stehende Sonne und fühlte sich einfach nur frei und leicht. Kurz musste sie wieder an ihre verhagelte Laune vom Morgen denken. Das kannte sie so gar nicht von sich. Es hatte sich angefühlt, als hätte da ein Teil ihrer Persönlichkeit einfach die Führung übernommen, der sonst bei ihr nichts zu sagen hatte. Die Miesepetrige. Die Pessimistin. Die Katastrophenseherin. Die Resignierte. Ja, das war sie, die da heute Morgen aus ihr gesprochen hatte. In ihrer Ausbildung zur Lebensberaterin hatte sie gelernt, dass es einfacher ist, Eigenschaften zu personifizieren, um zu lernen mit ihnen umzugehen. Sie zu erziehen. Eines war für sie sicher. Wenn diese Resignierte noch mal frühmorgens bei ihr das Wort ergreifen würde, dann würde sie aber mal ein scharfes Wort an sie richten!

Der Heimweg war, wie sie es erwartet hatte, noch größtenteils von der Abendsonne beschienen und nachdem sie die größten Gedankenknöpfe hatte lösen können, legte sie nun ein bisschen Tempo zu, um auch ihren Körper noch etwas zu fordern.

In den nächsten Tagen war sie aufmerksam, ob sie noch einmal etwas über diese geplante Stelle hören würde. Kurzzeitig war es ihr selbst ein bisschen peinlich gewesen, dass sie in Gedanken schon so übers Ziel hinausgeschossen war. Sie sah sich ja schon bei einem Bewerbungsgespräch sitzen, ihre Unterlagen über ihre Ausbildung fein säuberlich vor sich liegend, in lauter fröhliche Gesichter blickend. STOPPPPPP! Das war ja gar nicht möglich. Sie würde ja in der gleichen Abteilung bleiben. Freundliche Gesichter? Fehlanzeige. Außerdem würde sie sich gut überlegen müssen, wie sie die Sache anging. Wenn diese Stelle nämlich von allen Ärzten als Störfaktor angesehen wurde, müsste sie sich wirklich gut überlegen, sie anzunehmen. Sie konnte sich nicht vorstellen, ohne Rückendeckung gegen die gesamte Ärzteschaft der Abteilung zu arbeiten. STOP! Sie machte es ja schon wieder! Sie machte sich schon wieder Gedanken über etwas, was es noch gar nicht gab! Sie wusste ja noch gar nicht, ob die Stelle das war, was sie erhoffte, sie wusste auch nicht, ob sie, wenn sie das war, eine Chance hätte sie zu bekommen und machte sich Gedanken über die Zusammenarbeit mit den Stationsärzten! Hmpfff. So konnte man sich den Tag auch unnötig schwer machen. Lächelnd schüttelte sie den Kopf. Immer schön eines nach dem anderen. Erst mal herauskriegen, was da jetzt genau geplant war und dann weitersehen.

Erst in der nächsten Arbeitswoche bot sich eine Gelegenheit, wieder ein paar Informationen zu bekommen. Sie arbeitete gerade so vor sich hin, als Lena mit Daniela über genau diese Stelle zu sprechen begann. Wieder sehr negativ äußerte sie sich darüber, dass hier jemand angestellt werden sollte, der quasi gegen den Rat der Ärzte beraten sollte. Daniela sah die Sache jedoch positiver und brachte als Argument vor, dass derjenige den Ärzten dann aber auch viel an Beratungszeit abnehmen konnte, wenn das Gespräch gewünscht war. Soviel war mittlerweile nämlich sicher, die Stelle war fürs erste für zwanzig Wochenstunden geplant. Aufmerksam verfolgte sie das Gespräch mit gespitzten Ohren, während sie nach außen hin versuchte, möglichst gelassen ihren Aufgaben nachzugehen. Aber plötzlich drehte sie sich um und fragte so beiläufig, wie es ihr möglich war:

„Was ist denn das für eine interessante Arbeit, von der ihr da sprecht?" Die beiden sahen sie an, als würden sie erst jetzt ihre Anwesenheit wahrnehmen. Lena antwortete schnell und brachte die Überlegungen vor, die zur Bildung dieser Stelle geführt hatten.

„Und wer kann sich auf diese Stelle bewerben? Gibt es da eine spezielle Ausbildung, die man dazu braucht?" fragte Elisabeth weiter. Lena blickte sie verwundert aus ihren kuhgroßen Augen an.

„Wieso kennst du jemand, der so was machen würde?" fragte sie. Was ja auch nicht ungewöhnlich war, denn schon früher hatte sie passende Bewerber für offene Stellen gewusst und gekannt.

„Vielleicht" antwortete sie vage, „drum frag ich ja mal nach, an welche Berufsgruppe die Stelle gehen würde. Dann kann ich auch sagen, ob die Stelle was wäre", fügte sie leiser hinzu.

„Ich weiß nicht genau, was das für eine Ausbildung ist, aber der Chef hat da von Sozialberatern gesprochen. Was macht man denn, damit man das wird?"

„Vielleicht die Sozialakademie?" warf Daniela nun ein.

„Oder eine Ausbildung zum Lebens- und Sozialberater", fügte Elisabeth an. Daniela sah sie an und begriff nun auch ihr plötzliches Interesse. Sie wollte schon etwas sagen, zögerte dann aber doch und fing an irgendwelche Zettel am Schreibtisch herumzuschieben. „Wann soll diese Stelle denn ausgeschrieben werden?" fragte sie nun noch, weil wenn sie da schon mal dran war, wollte sie jetzt auch möglichst viele Informationen bekommen.

„Das ist noch nicht ganz fix, da muss erst noch etwas im Stellenplan umgewidmet werden. Zu blöd, dass das nicht einfach auch ein Arzt machen kann. Das wären ja wohl die besten für diese Aufgabe", ärgerte sich Lena laut.

„Oder auch nicht", dachte Elisabeth bei sich, entschied sich aber, diesen Gedanken nicht laut kund zu tun.

Sobald es ihr möglich war, suchte sie sich einen freien PC und begann im Intranet unter den Stellenanzeigen zu suchen, ob schon etwas angekündigt war. Oft wurden Stellen nämlich schon offiziell bekannt gegeben, die intern noch nicht mal bewilligt worden waren. Leider fand sie nichts dazu auf den Seiten der Personalabteilung.

Wieder einige Tage später saß sie kurz vor Dienstschluss noch mit einer Liste an Verbrauchsmaterial da, um die notwendigen Bestellungen aufzuschreiben, als Vera hereinkam. Kurz plauderten sie ein paar Worte über Verwaltungsarbeiten und andere „schöne Dinge". Da fasste sie sich ein Herz und fragte sie gerade raus, ob sie von der Stelle schon gehört hätte und sagte auch gleich dazu, dass sie fand, die klinge sehr interessant. Verwundert sah Vera von ihrer Arbeit auf.

„Würdest du dich für diese Arbeit interessieren?"

„Ja, sehr", antwortete sie. „Ich habe ja zehn Jahre lang als Lebens- und Sozialberaterin selbständig gearbeitet, bevor ich hier angefangen habe. Und hier angefangen hab ich ja eigentlich nur, weil ich als Beraterin keinen Job im Angestelltenverhältnis gefunden hab."

„Ach so, das wusste ich ja gar nicht", sagte Vera überrascht. „So wenig weiß man hier oft von den Leuten, mit denen man Tag für Tag zusammenarbeitet. Wer hat dir denn von der Stelle erzählt? Weil eigentlich ist das noch Zukunftsmusik. Aber es stimmt schon, dass sie im

Stellenplan für nächstes Jahr schon mit erfasst ist." Sie strahlte. Dann bestand ja wirklich die Möglichkeit, dass sie diese Stelle bekommen könnte! STOPP! Schon wieder viel zu voreilig, rief sie ihre innere Stimme zurecht, die für Bodenhaftung und Realitätssinn zuständig war. „Aber bis es soweit ist, kann noch einige Zeit vergehen. Und man weiß ja nie, ob da nicht doch der eine oder andere Entscheidungsträger einen Rückzieher macht. Da gibt es auch welche, die ihre Meinung schnell mal von so auf anders ändern, wenn sie das Gefühl haben, es würde sie weiterbringen", meinte Vera vorsichtig.

„Ja, ich weiß", antwortete sie „aber ich fand es einfach interessant, dass genau hier in der Abteilung, in der ich gelandet bin, so eine Stelle geschaffen wird, wie ich sie gerne hätte. Das gibt mir Hoffnung, dass ich vielleicht früher oder später doch noch in diesem Bereich eine Arbeit finde."

Beim nachhause gehen, war sie trotz Veras Bedenken noch immer beschwingt, zwang sich aber, nicht ständig in Gedanken schon bei der Stelle und etwaigen Problemen zu sein. Aber schon ein paar Wochen später war diese Euphorie wieder gewichen, denn es war nichts mehr zu hören oder gar zu lesen, dass die Stelle schon geschaffen war. Trotzdem dachte sie immer öfter daran. Eines Tages, es war mittlerweile schon Sommer geworden, ging sie nach Dienstschluss noch in den Aufenthaltsraum, um dort ihre Tupperdose zu holen, in der sie ihr Mittagessen transportiert hatte. Da saßen einige Ärzte beisammen und sprachen gerade über: IHRE Stelle! Sie ließ sich bewusst Zeit, ihre Utensilien zusammenzupacken und lauschte aufgeregt. Lena sprach gerade:

„Und wieso soll das nicht ein Arzt machen, das ist doch das Wichtigste, dass derjenige auch die medizinischen Folgen abschätzen kann, die da auf den Patienten zukommen."

„Weil die Beratung durch den Arzt ja sowieso schon stattfindet. Das was hier geplant ist, soll ganz bewusst nicht von einem Mediziner gemacht werden, weil die behaupten, dass unsere Sicht zu eng auf medizinische Therapien gerichtet ist", antwortete Andreas erregt. „Als ob es in diesem Zustand was Wichtigeres gäbe", fügte er kopfschüttelnd noch hinzu.

„Oje", dachte Elisabeth bei sich. „Da sitzen die Hardcore-Wissenschaftler beisammen und reden gerade „meine" Stelle tot. Da misch' ich mich jetzt lieber nicht ein" und ging hinaus. Am nächsten Tag wollte sie es wissen. Als Lena ins Labor kam und begann irgendwelche Unterlagen zu suchen, fragte sie, um was es gestern da gegangen sei, bei der Besprechung im Aufenthaltsraum. Schlimmstenfalls würde sie ein „das geht niemanden was an" kassieren, bestenfalls weitere Informationen erhalten. Es kam ein Mittelmaß dabei heraus. Lena berichtete ihr von der Stelle und dass diese für einen Nicht-Mediziner geschaffen werden solle. Natürlich machte sie aus ihrer Meinung keinen Hehl und schimpfte wie ein Rohrspatz über die ganze Idee. Trotzdem kam sie in einer ihrer Atempausen dazu, sie zu fragen, welche Ausbildung denn der Wunschkandidat haben müsse, um die Stelle zu bekommen. Das allerdings wusste Lena auch nicht so genau, wurde aber etwas stutzig, weil ihr einfiel, dass sie so ein ähnliches Gespräch schon einmal mit Elisabeth geführt hatte. „Mich würde das sehr interessieren", sagte diese nur zum Abschluss, packte ihre Proben und verließ den Raum.

Im Laufe der nächsten Stunden packte sie wieder eine Hoffnungslosigkeit und Resignation, die sie einfach nicht bekämpfen konnte. Sie versuchte sich mit anderen positiven Gedanken abzulenken, an ihre Feierabendaktivitäten zu denken, sich auf ihre Aufgaben so zu konzentrieren, damit die negativen Stimmungen verschwanden, aber nichts half ihr so richtig. Da sie gerade ein kleines Zeitfenster hatte, verließ sie ihren Arbeitsplatz mit einem kurzen „bin gleich wieder da", ging aus dem Gebäude und machte ein paar Schritte durch den angrenzenden Park. Sie blieb stehen, richtete den Blick auf die Bäume vor ihr und atmete ein paar Mal tief ein und aus. Dann begann sie sich innerliche Befehle zu erteilen.

Punkt 1: Hör auf, dich verrückt machen zu lassen, wenn du die Stelle kriegen sollst, kriegst du sie. Das war schon immer so.

Punkt 2: Überlege dir ganz genau, ob du diese Stelle wirklich haben willst. Sie bereitet dir ja schon Magenweh, bevor sie überhaupt geschaffen worden ist. Sind das die Vorzeichen, die dir sagen, du sollst sie annehmen?

Punkt 3: Noch ist es nicht soweit und so wie es jetzt ist, ist es gut für den Moment.

Punkt 4: Hör auf, ständig in der Zukunft zu leben!

Sie sagte sich diese vier Punkte insgesamt fünf Mal halblaut vor. Dabei hatte sie die Augen halb geschlossen, ihre Arme gestikulierten heftig mit. Plötzlich sah sie aus dem Augenwinkel eine Person rechts von sich stehenbleiben. Sie verstummte, drehte den Kopf nach rechts und sah sich einem entgeisterten Gesicht gegenüber. Es gehörte einem Rot-Kreuz-Mitarbeiter, der sie da scheinbar eine Zeit lang beobachtet hatte.

„Hi, ich lerne gerade meinen Text für die nächste Aufführung auswendig", rief sie ihm zu und lächelte dabei. „Wirke ich denn schon sehr vergeistigt oder muss ich noch an meiner Mimik arbeiten?" Der Mann grinste.

„Naja, mich haben Sie eher an einen Wanderprediger erinnert, der sich seinen Text nicht merken kann".

„Autsch, da hab ich ja noch einiges vor mir. Aber danke für die konstruktive Kritik!" Naja, wenigstens hatte ihr Humor wieder die Überhand gewonnen...

Sie ging zurück zur Arbeit und war wieder merklich ruhiger. Ob das nun aber an ihren inneren Befehlen oder an dem kurzen Gespräch mit dem Sanitäter lag, konnte sie nicht eindeutig beantworten!

Wieder vergingen einige Wochen – die Mühlen im öffentlichen Dienst mahlen langsam – bis sie das nächste Mal von der Stelle etwas hörte. Nur war es so gar nicht das, was sie sich vorgestellt hatte. Scheinbar hatte auch der Sozialdienst von dem Vorhaben gehört und pochte nun darauf, dass diese Arbeit in ihren Aufgabenbereich gehörte! Der Abteilungsvorstand wiederum stellte sich eher einen Psychologen oder einen Sozialmanager vor und hatte wohl auch schon den einen oder anderen Kandidaten im Auge! Was für ein Mist, dachte sie bei sich. Da entsteht endlich eine Stelle, die wie für mich geschaffen ist und die Düdel nehmen wieder irgendwelche Akademiker, die zwar tolle Titel haben, denen aber die Menschen völlig gleichgültig sind. Im selben Moment hörte sie aber auch selbst, wie ungerecht diese Unterstellung war. Sie wusste ja weder über den einen noch über den anderen etwas und vielleicht waren das ja Personen, die sich einfach eine Ausbildung gegönnt hatten, mit der sie die Möglichkeit hatten, in den Mühlen der Gesundheitsbetriebe etwas zu verändern!

Trotzdem grummelte sie an diesem Tag innerlich noch etwas herum, als sie im Zug nach Hause saß und so hätte sie beinahe überhört, wie der junge Mann auf der anderen Seite des Ganges mit seinem Gegenüber sprach. Da ging es wohl um eine Stelle direkt in Neumarkt bei der Gemeinde. Seine Mutter arbeitete dort schon seit einiger Zeit und sie war nun gefragt worden, ob sie nicht die Abteilung wechseln wollte, um eine neu geschaffene Stelle zu besetzen. Ihr war das allerdings zu aufwendig, sie war ihr Büro, ihre Sacharbeitertätigkeit so gewohnt und wollte am liebsten bis zu ihrer Pensionierung dort bleiben. Sie war gefragt worden, weil sie in ihrem Stammberuf Krankenschwester war und so ein wenig mehr Einblick in die verschiedenen Bereiche des Gesundheitswesens hatte. Scheinbar ging es da um Koordination verschiedener Stellen, um Beratung für Angehörige und Betroffene und so weiter. Sie spitzte die Ohren! Das klang ja noch besser, als die Stelle in Salzburg! Sie wollte schon fragen, wer denn da der nächste Ansprechpartner war, traute sich aber dann doch nicht, einfach so in das Gespräch der beiden Männer einzudringen. Also saß sie still, aber absolut nicht ruhig auf ihrem Sitz und war innerlich hin- und hergerissen. Fragen, ansprechen, sich einbringen oder doch lieber tief durchatmen, abwarten, hoffen, dass sie Stelle ausgeschrieben werden würde. Vielleicht war diese Stelle ja nur ein Vorwand, die Frau von ihrer jetzigen Stelle weg zu bekommen und gar keine Notwendigkeit. So nach dem Motto: kündigen können wir ihr nicht, aber ruhigstellen. Nein, schalt sie sich innerlich. Hör doch mit deinen negativen Gedanken auf! Frag doch einfach. Nee, mach dich doch nicht lächerlich. Halt den Mund und schlaf noch ein paar Minuten. So ging es ständig hin und her. Bis sie ausstieg und sah, wie der junge Mann zügig in Richtung des Autoparkplatzes davonging. Plötzlich übernahm ihr Autopilot den Körper und sie bemerkte erstaunt, wie sie loslief, ihn einholte und kurz vor seinem Auto atemlos ansprach.

„Entschuldige, wenn ich dich hier so überfalle, aber ich habe im Zug so nebenbei dein Gespräch mitgehört. Die Stelle von der du da gesprochen hast, die deiner Mutter angeboten wurde – wer ist denn für die zuständig? Das klingt nach etwas, was ich schon lange suche!" Etwas irritiert schaute sie der Mann an.

„Äh, das weiß ich jetzt auch nicht, aber ruf doch einfach meine Mutter an und frag sie. Ich kann dir ja ihre Nummer geben."

„Das wäre absolut super! Hast du sie gerade bei der Hand? Dann schreib ich sie mir gleich auf." Er nahm sein Smartphone in die Hand, wischte und tippte ein wenig darauf herum und sagte ihr dann eine Festnetznummer aus dem Ort an.

„Danke", sagte sie noch immer etwas atemlos und auch ein wenig stolz auf sich selbst, dass sie es geschafft hatte, einfach so über ihren Schatten zu springen und ihn anzusprechen. „Falls du mit deiner Mutter heute noch sprichst, sag ihr doch vielleicht, dass ich mich nach der Stelle erkundigen will, damit sie nicht glaubt, irgendeine durchgeknallte Stalkerin ruft bei ihr an." Jetzt grinste er.

„Keine Sorge, meine Mutter ist sehr kommunikativ. Die wundert sich auch nicht, wenn sie jemand aus Mexiko anruft und sie nach einem Rezept für ihren Gemüseeintopf fragt. Ich muss jetzt." Er drehte sich um und ging zu einem der geparkten Autos. Auch sie ging nun los, nach Hause. Dort setzte sie sich erst mal in ihre Küche und richtete sich einen Kaffee. In ihrer Brotdose fand sie noch ein Stück Zopf, das sie dick mit gesalzener Butter bestrich und sich auf einen kleinen Teller legte. Sie ließ sich den Tag noch einmal durch den Kopf gehen. Die Enttäuschung in der Arbeit, nachdem sie nun schon über drei Monate davon ausgegangen war, die neu geschaffene Stelle zu bekommen. Das Gespräch im Zug. Ihr Mut, den jungen Mann anzusprechen. Und jetzt? Theaterte sie sich da schon wieder in etwas hinein? Wurde die Stelle nur intern nachbesetzt? Nein, nix da. Keine Zweifelgedanken mehr – die würde sie nun einfach nicht mehr zulassen. Neue Chance, neues Glück. Nun musste sie doch glatt noch über sich selbst schmunzeln. Wo bitte kamen denn all diese abgedroschenen Sprüche her? Das ging ja gar nicht. Immer noch schmunzelnd genoss sie erst mal ihren Kaffee, die Mehlspeise und nahm dann die Telefonnummer der ominösen Mutter zur Hand. Sie wählte, das Freizeichen ertönte. Einmal, zweimal, dreimal – war sie gar nicht zuhause? Viermal, fünfmal. Wie oft durfte man es denn klingeln lassen, bevor man aufdringlich wurde? Aber vielleicht war sie im Garten, hörte es läuten, stürzte ins Haus und ärgerte sich, wenn es kurz bevor sie das Telefon erreichte, aufhörte zu klingeln. Achtmal, neunmal. Klack. Sie legte auf. Schade, gerade hatte sie so einen Lauf. Sie überlegte kurz. Sie würde in einer halben Stunde noch mal anrufen und wenn sie dann noch immer niemanden erreichen konnte, wieder eine Stunde später. Und sonst eben morgen. Sie stellte sich einen Wecker für dreißig Minuten. Dann musste sie nicht dauernd auf die Uhr schauen und konnte den Anruf auch nicht einfach so „vergessen". Sie stand auf, verräumte das Geschirr in der Spülmaschine und eierte ein wenig in ihrer Wohnung herum. Was sollte sie nun tun? Erst mal umziehen, irgendetwas Bequemes und dann würde sie sich dem Papierstapel widmen, den sie neben ihrem Schreibtisch angehäuft hatte. Da waren Rechnungen, Informationen, Bestätigungen, Briefe, kurz: alle Papiere, die in irgendeinen Ordner gehörten. Wann hatte sie sich denn das letzte Mal um die Ablage gekümmert? Sie konnte sich nicht erinnern. Da kam so ein leichter Anflug eines schlechten Gewissens auf. Andererseits war es gar nicht unpraktisch, diese Arbeit nur ein bis zweimal im Jahr zu machen, weil sich viele der Dinge schon erledigt hatten und sie diese Zettel somit schon ins Altpapier werfen konnte, statt sie erst einzuordnen und dann wieder heraus zu suchen und zu entsorgen.

An diesem Abend erreichte sie die Frau, die ihre Stelle ausgeschlagen hatte, nicht mehr. In der Arbeit war sie am nächsten Tag zugeknöpft – noch mehr als sonst. Nur am späteren Nachmittag gab es noch einen Lichtblick, als ihr am Gelände plötzlich wieder derselbe Rot-Kreuz-Mitarbeiter über den Weg lief, der sie gestern bei ihren Selbstanweisungen beobachtet hatte. Erst grüßte sie ihn nur kurz und wollte schon weiter gehen, dann blieb sie aber stehen und ging sogar ein paar Schritte auf ihn zu. Er grinste sie an:

„Wie geht's mit dem Rollen lernen?"

„Also wenn ich ehrlich sein soll, diese Rolle werde ich wohl mein Leben nicht mehr erlernen."

„Welche war es denn?" fragte er.

„Die heißt: Bleib cool, auch wenn du erfährst, dass du keine Chance hast, deine Traumstelle zu bekommen, weil du keinen Titel hast", sagte Elisabeth und versuchte den Satz mit einem leichten Lächeln zu entschärfen.

„Autsch, das tut sicher weh", meinte er sofort. „Aber aus eigener Erfahrung kann ich dir sagen, wenn du sie nicht bekommen hast, war sie nicht das richtige für dich." Er blickte sie ganz ruhig an. „Mag sich jetzt sehr esoterisch, schwammig anhören, aber das ist meine feste Meinung". Sie staunte. So hätte sie ihn gar nicht eingeschätzt. Warum nicht? Das konnte sie sich selbst auch nicht beantworten. Er wirkte so durch und durch bodenständig.

„Wahrscheinlich hast du Recht – mittlerweile ist ja auch schon wieder Gras über die Sache gewachsen. Und ich hab eine neue Stelle, der ich nachlaufen kann. Die wäre sogar näher bei mir daheim." Noch während sie diese Sätze aussprach wunderte sie sich über sich selbst. Was brachte sie dazu, diesem Fremden gegenüber so vollkommen offen zu sein? Mit niemandem sonst hatte sie von dem gestern mitgehörten Gespräch erzählt. Um ehrlich zu sein, sie wollte es auch vor sich selbst noch nicht ganz zugeben, dass die Stelle hier im Krankenhaus völlig von der in der Gemeinde verdrängt worden war. „Naja, mal sehen, was daraus wird. Schlimmstenfalls bleibe ich halt noch länger hier." Er sah sie immer noch mit einer Ruhe an, die sie beeindruckte. Er schien keineswegs das Gespräch abbrechen zu wollen, irgendwo hin hetzen zu müssen oder etwas anderes im Kopf zu haben. Er war richtiggehend fokussiert, ohne dabei unangenehm auf sie zu wirken.

„Dann drück ich dir für die neue Stelle die Daumen. Ich glaube du kriegst sie – Schade eigentlich, dann werde ich dir hier wohl nicht mehr über den Weg laufen."

„Hier nicht, aber vielleicht woanders" meinte Elisabeth lächelnd.

„Oder wir lassen das mit dem hin und herlaufen und treffen uns einfach mal auf ein Bier?" Dieser Satz von ihm kam nun doch etwas unsicherer.

„Das wäre wohl eine sehr vernünftige Alternative", antwortete sie. „Dabei lässt es sich doch viel besser plaudern, als wenn wir hier immer mitten am Gelände rumstehen."

„Ich geb' dir meine Nummer, dann kannst du mich ja mal anrufen und wir machen uns was aus."

„Einverstanden." Sie zog ihr Telefon aus der Tasche und tippte die Nummer, die er ihr ansagte, ein. „Jetzt brauch ich nur noch deinen Namen, damit ich weiß, zu wem die Nummer gehört", sagte sie, daraufhin.

„Bernhard", antwortete er und grinste. „Ich erwarte deinen Anruf!" Er drehte sich um und ging beinahe hüpfend davon. Sie musste lächeln.

Sie wollte gerade weitergehen, da überlegte sie es sich anders. Sie nahm das Telefon wieder zur Hand und wählte seine Nummer. Schon nach dem ersten läuten nahm er ab. „Hallo ich bin's. Elisabeth. Ich wollte dich fragen, ob du heute oder morgen Zeit hättest mit mir auf ein Bier zu gehen?" Er lachte am anderen Ende der Leitung.

„Danke, dass du nicht auf die übliche „mindestens-drei-Tage-warten-lassen-Regel" bestehst. Heute kann ich leider nicht, weil ich langen Dienst habe, aber morgen sieht es gut aus. Wann und wo?"

„Sagen wir um halb sieben im Bräustüberl. Treffen wir uns vorne beim Eingang?"

„Sehr gerne, ich freu mich. Tschüss."

„Ciao, bis morgen."

Der restliche Arbeitstag verging wie im Flug und kaum war sie zuhause angekommen, rief sie schon die Nummer der Frau aus der Gemeinde an. Und wirklich - dieser Tag schien ihr alle ihre Wünsche zu erfüllen, sie hob ab.

„Hallo, bitte nicht wundern, Sie kennen mich nicht, aber ihr Sohn hat mir Ihre Nummer gegeben", stotterte sie etwas unbeholfen. „Ich habe gehört, dass Sie in

Neumarkt in der Gemeinde arbeiten und dass es da scheinbar eine Stelle geben soll, die Sie aber nicht annehmen wollten." Die Frau am anderen Ende schwieg. „Ich bin nämlich auf der Suche nach einer Stelle. Also im Beratungsbereich oder zumindest in diese Richtung. Und da wollte ich Sie einfach fragen, ob Sie mir vielleicht sagen können, ob diese Stelle offiziell ausgeschrieben wird, oder wohin also zu wem ich eine Bewerbung schreiben könnte. Die Stelle klingt einfach so, wie ich mir meine zukünftige Arbeit immer vorgestellt habe." Sie atmete aus. Und wartete. Am anderen Ende der Leitung herrschte noch immer Schweigen. „Hallo, sind Sie noch dran?" fragte sie nun zögerlich.

„Ja klar, ich war mir nur nicht sicher, ob ihr Redeschwall schon vorbei ist", kam es nun etwas knapp aus der Leitung.

„Ja, entschuldigen Sie, dass ich Sie so überfallen habe, aber seit ich von der Stelle erfahren habe, habe ich das Gefühl, ganz schnell handeln zu müssen, damit mir keiner die auch noch wegschnappt." erklärte sie nun um einiges ruhiger.

„Na dann ist ja gut", war die Antwort aus dem Telefon. „Also, was wollen Sie nun genau von mir wissen. Viel kann ich ihnen nicht verraten, ich habe die Stelle ja nie gemacht."

„Also zuerst würde mich interessieren, was dort alles zu tun wäre und dann eben auch, bei wem ich mich dafür bewerben könnte." So ging es noch eine Weile hin und her und am Ende des Telefonats wusste sie zumindest, dass sie die Stelle wirklich gut machen könnte und auch, zu wem im Gemeindeamt sie Kontakt aufnehmen sollte. Nicht gleich mit einer übervollen Bewerbungsmappe überfallen, sondern hingehen, Interesse bekunden, sich vorstellen, reden. Das war ihr selbst auch sehr sympathisch, nur musste sie dafür leider bis zu ihrem nächsten freien Tag warten, was ihrer angeborenen Ungeduld wiederum sehr gegen den Strich ging.

Trotz dieser neuen und besseren Aussicht auf einen baldigen Stellenwechsel konnte sie die andere in ihrer Abteilung noch nicht ganz aus den Augen lassen. Sie war aufmerksam, wie eh und je, wenn davon gesprochen wurde, überlegte immer noch, wie sie die Arbeit angehen würde und fragte nun viel unbefangener, ob es diesbezüglich schon Neuigkeiten gäbe. Lena sprach sie einmal sogar noch ganz speziell an, aber da antwortete sie ausweichend und beendete das Gespräch sehr abrupt, in dem sie mit einem kurzen: „Muss weiter" den Raum verließ. Sollte die doch denken, was sie wollte. Am besten, dass sie verstimmt sei, weil die Stelle nun doch nicht auf ihr Profil passte. Stimmte irgendwie ja auch! Allerdings sprach sie mit niemandem über die neue Job Idee. Sie hatte das Gefühl, dass sie noch zu klein und schwach sei, um damit schon an die „Öffentlichkeit" zu gehen. Wobei es sich bei der Öffentlichkeit maximal um ihre Kollegin Anja oder ihre Freundin Agnes gehandelt hätte. Außerdem wollte sie ja auch nicht, dass sie Erklärungen abliefern müsste, falls es auch mit dieser Stelle nichts werden sollte. Nein, daran dachte sie gar nicht. Ganz im Gegenteil. Sie stellte sich auf ihren Fahrten zur Arbeit in der Früh oft vor, mit welchen Worten sie ihre Kündigung in der Abteilungsbesprechung bekannt geben, wo sie ihren Abschied feiern würde und wie viele Wochen sie nach der Kündigung noch arbeiten müsste. Diese innere Einstellung erleichterte es sehr, dass ihr nächster freier Tag einem Personalengpass zum Opfer fiel und sie noch eine weitere Woche auf ihr Informationsgespräch auf der Gemeinde warten musste. Die Frau hatte ihr am Telefon versichert, dass es sich bei dieser neuen Stelle keineswegs schon um ein fertiges Angebot handelte. Es war eher so, dass sie schon in der Planungsphase für diese neue Stelle nach ihrem Interesse gefragt worden war, weil sie, wenn es bestanden hätte, sich schon bei der Schaffung hätte einbringen können. So viele Konjunktive! Also war der Zeitdruck nicht so groß, was ihre Neugier / Angst, wie der zuständige Arbeitskreisleiter auf ihre Anfrage reagieren würde, jedoch nicht sehr verringerte. Aber netterweise waren da ja auch die nun schon beinahe regelmäßig gewordenen Treffen mit Bernhard. Schon von ihrem ersten gemeinsamen Abend, wusste sie, dass sie diesen Mann nicht mehr so schnell aus den Augen lassen würde. Es passte einfach so viel, dass sie manchmal schon nach einer versteckten Kamera Ausschau hielt, mit der sie sie hereinlegten, indem sie ihre geheime Wunschliste, wie der für sie perfekte Partner zu sein hatte, Punkt für Punkt erfüllten. Das Einzige, was sie davon überzeugte, dass dem nicht so war, war die Tatsache, dass es diese Liste gar nicht gab.

Beim ersten Treffen waren sie beide nervös gewesen. Da sie aber nicht zu den Menschentypen gehörten, die Nervosität mit übertriebener Aktivität zu überspielen versuchten, war es die ersten zwanzig bis dreißig Minuten ziemlich einsilbig verlaufen. Dann waren sie beide langsam aufgetaut und hatten es um halb elf kaum glauben können, dass es schon so spät war. Sie beschlossen dann aber doch ziemlich schnell, es für ihr „erstes Mal" gut sein zu lassen, da sie beide am nächsten Tag arbeiten mussten und ihr ja auch noch eine gute halbe Stunde Heimfahrt bevorstand.

Dann endlich war er da. Der große Tag. Sie hatte frei, sie hatte sich auch den ganzen Vormittag freigehalten. Zur Gemeinde wollte sie kurz nach zehn Uhr. Da hatte ihr erhoffter Gesprächspartner nämlich den zweiten Kaffee getrunken, hatte schon allerlei erledigt und in die Wege geleitet und wurde allmählich ruhiger. So hatte es zumindest die Frau am Telefon prophezeit! Sie ging den Weg zum Gemeindeamt ganz bewusst, mit ruhigen Schritten. Sie versuchte sich davon abzuhalten sich dauernd vorzusagen, dass das vielleicht ihr zukünftiger Arbeitsweg sein würde! „Du gehst nur hin, um dein Interesse zu bekunden, um dich dort blicken zu lassen und vielleicht erfährst du ein wenig mehr über diese Arbeit. Das ist alles. Das ist erst mal alles. Das ist für heute erst mal alles." So ungefähr lief ihr innerer Dialog ab, immer im Takt mit ihren Schritten und ihrem Atem. Dann stand sie schon im Amt und wandte sich an den Info-Schalter links von ihr.

„Grüß Gott, könnten Sie mir bitte sagen, wo ich Herrn Segmüller finde?" wandte sie sich an die junge Frau hinter dem Tresen.

„Der sitzt im ersten Stock, Raum 109", kam prompt die Antwort. Kein Nachfragen, was sie von ihm wolle oder gar ob sie einen Termin bei ihm vereinbart hatte. Scheinbar war das Amt doch bürgernäher, als sie es eingeschätzt hatte. Sie stieg in den ersten Stock hinauf, suchte die richtige Tür, was im Halbdunkel des Ganges gar nicht so einfach war, atmete noch einmal tief durch und klopfte an. Ein leises „Ja bitte" war aus dem Inneren zu hören. Sie trat ein und sah auf ein heilloses Durcheinander, das sich auf einem nur scheinbar viel zu kleinen Schreibtisch befand. Dahinter saß ein Mann in ihrem Alter, gar nicht wie ein Beamter in schwarzen Jeans und einem taubenblauen T-Shirt, der sie durch eine kleine Nickelbrille freundlich ansah. Seine graubraunen, leicht lockigen Haare sahen aus, als hätte er sie sich direkt vor ihrem Ankommen gerauft. Sie kam einen Schritt näher und begann gleich zu sprechen.

„Grüß Gott Herr Segmüller, ich wurde von einer Ihrer Kolleginnen an Sie verwiesen. Nicht ganz offiziell, aber doch irgendwie."

Er begann nun zu lächeln und sagte: „Na das klingt ja interessant, bitte, setzen Sie sich doch. Vorausgesetzt Sie können mich dann noch sehen mit all diesen Papierbergen hier vor mir." Ihr wurde gleich leichter. Scheinbar hatte der Mann zumindest Humor.

„Ja also: Ich habe zufällig gehört, dass Sie einer Kollegin eine Stelle angeboten haben, bei der sie dafür zuständig wäre, Personen zu beraten, die eine bestimmte Art von Pflege oder Unterstützung benötigen und die verschiedenen Angebote zu koordinieren. Und auch, dass diese Kollegin im Moment kein großes Interesse daran hat, ihren Aufgabenbereich aufzugeben. Und mir kam vor, als sei das genauso eine Stelle, auf die ich schon seit einiger Zeit hoffe, sie zu finden, damit ich mich darauf bewerben kann. Nur weiß ich ja noch gar nicht, ob sie das ist, was ich glaube und auch nicht, für wie viele Stunden und ob das alles überhaupt stimmt, aber ich hab mir gedacht, wenn ich nicht nachfrage, werde ich das nie erfahren und dann war sie es doch und ich hab sie nicht gekriegt. Meine   Wunschstelle   meine   ich   jetzt." Pfffffffffffffffff. Das war raus. Elisabeth atmete aufgeregt.

„Also das klingt ja interessant. Sie hören zufällig von einem Gespräch, das ich im Vertrauen mit einer Mitarbeiterin führe, wissen auch, wie es ausgegangen ist, wissen aber doch nicht genau um was es geht und sitzen jetzt hier, um sich auf eine Stelle zu bewerben, von der Sie nicht wissen, ob sie existiert und wenn ja in welchem Ausmaß???" Die drei Fragezeichen standen ihm nicht nur ins Gesicht geschrieben, seine Sprachmelodie ließ auch keinen Zweifel an seinen Zweifeln.

„Ja, das stimmt so fast", sagte sie nun mit leiserer Stimme. Dann erzählte sie ihm, wie es dazu gekommen war, erwähnte kurz auch die Stelle in ihrer Abteilung, ihre Enttäuschung, die Zugfahrt und alles, was danach passierte. Als sie aufhörte zu sprechen, sah sie, dass er nachdenklich nickte. „Zumindest keine offene Ablehnung!" war ihr erster Gedanke, doch in diesem Moment schüttelte er ganz plötzlich heftig den Kopf. „Oh Gott, " dachte sie bei sich, „war ich schon wieder zu vorschnell mit meinem Optimismus?" Was dann kam, verblüffte sie allerdings sehr.

„Wissen Sie, nein, das können sie gar nicht wissen", begann er jetzt „wenn ich nicht wüsste, dass niemand weiß... Oh mein Gott, klingt das kompliziert!" Sie nickte verwirrt. Was wusste sie oder auch nicht? Er setzte noch einmal an: „Von vorne. Beinahe hätte ich geglaubt, Sie wollen mir mit ihrer Geschichte einen Bären aufbinden, bzw. sie sind hier im Auftrag von jemanden, der mich gut kennt, um mich zu verarschen." Erschrocken schüttelte sie den Kopf und wollte schon zu einer Antwort ansetzen, als er beschwichtigend die Hand hob und weitersprach: „Das kann aber nicht, sein, weil niemand außer mir und meinem ehemaligen Vorgesetzten, der allerdings schon vor vier Jahren gestorben ist, die Geschichte kennt. Ich habe meine Stelle nämlich beinahe genauso bekommen, wie Sie Ihre bekommen werden, wenn sich herausstellt, dass wir uns über die Rahmenbedingungen wie Arbeitszeit, Gehalt, Dienstort einig werden und sich zeigt, dass sie für die Stelle geeignet sind. Ich war vor knapp 20 Jahren gerade in einer Stelle, die mir zwar ein angenehmes Leben ermöglichte, die aber von den Inhalten her einfach nicht das Richtige für mich war. Ich wollte schon x-mal kündigen, habe es aber immer meiner damaligen Freundin zuliebe gelassen, für die Arbeitslosigkeit einen Makel darstellte, den es unbedingt zu vermeiden galt! Darüber haben wir immer wieder gestritten. Auch an dem Tag, an dem ich dann von dieser Stelle zufällig gehört hatte. Ich war nach einem Streit mit ihr aus ihrer Wohnung gerannt und war einfach nur wütend über ihre Unfähigkeit, sich in meine Situation hineinzuversetzen. Nach Hause zu mir wollte ich nicht, also habe ich mich am Stadtplatz auf die Bank vor der Sparkasse gesetzt und mir überlegt, ob die Beziehung es wirklich wert war, mich so zu ärgern oder ob mir diese wiederholten Auseinandersetzungen nicht eher sagten, ich solle es einfach gut sein lassen mit ihr, kündigen und ein Leben leben, das mir gefällt und gut tut. Jedenfalls grübelte ich so vor mich hin, als zwei Männer aus der Bank kamen und sich über eine Stelle unterhielten. Den einen kannte ich vom Sehen und wusste auch, dass er schon lange hier im Gemeindeamt tätig war, den anderen, er war ungefähr in meinem Alter, hatte ich noch nie gesehen. Der war es auch, der gerade ein Angebot des Älteren ablehnte, weil er – ich weiß nicht mehr genau was es war – irgendetwas verkaufen und damit sehr schnell, sehr viel Geld verdienen wollte. Aber die Stelle hier im Amt klang in meinen Ohren einfach nur angenehm, unaufgeregt, sie versprach viel Bürgerkontakt und die Möglichkeit mit und für Menschen zu arbeiten und gefiel mir ausgesprochen gut. Also beobachtete ich, wohin die beiden gingen und sah, dass sie sich auf der anderen Straßenseite voneinander verabschiedeten. Der ältere schien etwas betrübt zu sein, der jüngere strahlte eine Selbstsicherheit aus, wie ich sie noch selten einmal gesehen hatte. Beinahe wäre ich ihm gefolgt, um ihn nach seiner tollen Geschäftsidee zu fragen. Aber eben nur beinahe. Ich sah, wie der eine ins Kaffeehaus ging und sich an einen der ersten Tische setzte. Da schaltete ich meine ganzen Bedenken weg, ging ihm nach, trat an seinen Tisch und fragte ihn, ob die Stelle, von der er eben gesprochen hatte, denn noch frei sei, weil ich mich dafür interessierte. Kurz zusammengefasst: sechs Monate später habe ich hier angefangen und es nie bereut. Und die Beziehung ging kurz danach auch in die Brüche!"

Jetzt schüttelte sie den Kopf. „Unglaublich", war das einzige Wort, das ihr dazu einfiel. Dann schwieg sie wieder.

Der Rest des Gesprächs verlief dann um einiges lockerer, als der Beginn und nachdem er sie über ihre Ausbildungen, bisherigen Arbeitsstellen und Gehaltsvorstellungen gefragt hatte, sprachen sie schon darüber, wie die Arbeit am besten angegangen werden konnte. Plötzlich klopfte es an der Tür, ein Kollege schaute herein und fragte: „Fritz, was ist denn los, es ist schon nach zwölf, wir warten!"

„Oh Entschuldigung, jetzt habe ich Sie aufgehalten, Sie haben ja noch andere Termine", sagte Elisabeth schnell und begann schon aufzustehen.

„Nur nicht so schnell, die Kollegen warten nur auf unsere gemeinsame Mittagspause, das halten die auch noch fünf Minuten länger aus. Wie geht es weiter. Lassen wir uns beide die Sache durch den Kopf gehen, Sie melden sich morgen bei mir, ob Sie nach wie vor Interesse haben und wenn ja, sage ich Ihnen Bescheid, wie es weitergeht. Sobald die Ausschreibung draußen ist, bringen Sie ihre Bewerbungsunterlagen vorbei, dann kommen die Hearings und von da an kann es dann sehr schnell gehen. Wie lange ist denn ihre Kündigungsfrist?" „Ich glaube einen Monat", sagte sie schnell. „Nur noch eine kleine, nicht ganz unwesentliche Frage. Wie viele Bewerber kommen denn ungefähr auf eine Ausschreibung? Also habe ich da Chancen, die Stelle zu bekommen?"

„Da bin ich mir sicher – die Stelle ist doch speziell, jemand wie Sie mit medizinischem Hintergrundwissen und einer Beratungsausbildung kommt unserem gewünschten Profil da schon mehr als nahe. So, dann will ich die Kollegen nicht weiter hungern lassen. Danke, dass Sie vorbeigekommen sind, das war ein sehr kurzweiliger Vormittag, wenn ich auch die ganze Arbeit jetzt bis spätabends noch erledigen werden muss", sagte er mit einem kleinen Augenzwinkern. Aber so, wie es auf seinem Schreibtisch aussah, steckte da mehr als nur ein Körnchen Wahrheit dahinter.

Nach diesem Gespräch ging Elisabeth erst mal nach Hause und setzte sich ganz ruhig an ihren Tisch. Dort ließ sie das Gespräch noch mal Revue passieren. Ihre Aufregung davor, der erste Blick in das Zimmer, ihre Erleichterung nach den ersten paar Sätzen, einfach alles. Sie stand auf, holte sich ein Glas Wasser und setzte sich wieder hin. Plötzlich spürte sie ein Lächeln auf ihrem Gesicht. Nein. Lächeln traf es nicht – sie grinste. Sie grinste beinahe von einem Ohr zum anderen. Sie konnte einfach nicht anders. Dann begann sie zu kichern. Erst leise, dann lauter und schließlich saß sie alleine in ihrem Wohnzimmer und lachte laut und befreit vor sich hin! Zum Glück wohnte sie alleine, denn wenn sie jemand in dieser Situation beobachtet hätte, käme sie wahrscheinlich bald in psychiatrische Behandlung! Dann griff sie zum Telefon und rief Bernhard an. Er hob nicht ab, klar, er hatte ja Dienst, aber sie hinterließ ihm eine kurze Nachricht, dass sie eine tolle Nachricht hätte und etwas zu feiern! Und dass sie so glücklich sei, dass sie es einfach jemandem hatte sagen müssen! Dann begann sie energiegeladen, das

Haus zu putzen, ihre Kästen auszuräumen, auszuwischen, auszumisten und wieder neu einzusortieren. Sie packte die ausgemusterten Teile sorgfältig in Plastiksäcke ein und lud sie in ihr Auto. Dann holte sie noch die Kisten mit Recyclingmüll aus dem Keller und fuhr vollbeladen los, um ihre „Schätze" an den Mann, bzw. an den Container zu bringen.

Drei Wochen später hatte sie es schwarz auf weiß. Sie bekam den Job. Die Beziehung mit Bernhard wurde mit der Zeit intensiver. Insgeheim schwärmte sie aber für ihren Chef. Der schien das am Anfang gar nicht zu bemerken, aber irgendwann fiel ihm auf, dass sie immer sehr schnell ja sagte, wenn es darum ging, mit ihm gemeinsam Überstunden zu machen. Egal ob intern oder auch mal außer Haus. Zu Bernhard sagte sie, wenn er sich leise begann zu beschweren, dass sie so viel Zeit mit Fritz verbrachte immer nur lapidar: „Was willst du denn? Er ist mein Chef und wir arbeiten Hand in Hand." Das stimmte zwar, aber je öfter von Bernhard ein Vorwurf kam, desto schwerer tat sie sich, diese Aussage wirklich überzeugt vorzubringen. Trotzdem blieben sie in einer Beziehung, die sich im Laufe der Zeit allerdings wieder ein wenig lockerte. Ihr ging es mit dieser Intensität besser, aber Bernhard war ein Mann mit Familiensinn und darüber nicht sehr froh. Er hatte noch Schulfreunde mit denen er in Kontakt war und besuchte immer wieder gerne seine Familie. Als Gast fühlte sich Elisabeth dort wohl, aber so richtig dazugehören wollte sie nicht. Das war ihr zu eng, zu nah, zu intensiv. Sie liebte es, nach einem Familiennachmittag in ihr Haus zurückzukehren und dort die Stille der Räume zu genießen.

Aber ihre Beziehung festigte sich trotzdem.

Die Arbeit machte ihr Spaß, auch wenn es dort genauso wie an ihrer alten Arbeitsstelle Intrigen, Eifersüchteleien und Willkür gab. Aber sie fühlte sich wohl in dem kleinen Büro, das sie ein halbes Jahr nach ihrem Dienstantritt beziehen konnte. Es befand sich nicht direkt im Amt, sondern in einer Informationseinrichtung auf der anderen Straßenseite. Es war von außen sehr unscheinbar, hatte aber den großen Vorteil, dass es ein großes Fenster, sowie eine Terrassentür in Richtung Innenhof hatte. Dieser sonnige und ruhige Ort wurde von zwei jungen Männern, die im ersten Stock wohnten, nach dem Vorbild des Guerilla Gardening gestaltet. Aus allem, was sie im Müll und in Kellern fanden, bzw. was sie an Gebrauchsgegenständen sonst wegwerfen würden, hatten sie Blumentröge, Gemüsekisten, Kräutertöpfe gebastelt. Da standen nun also alte Autoreifen übereinandergestapelt und mit Erde aufgefüllt neben 20 aufgeschnittenen Tetrapacks, aus denen Kräuter quollen und alte Gemüsekisten unter Plastiktaschen, die an einem alten Stück Schlauch mit Fleischerhaken aufgehängt wurden und nun Tomatenpflanzen und Hängeerdbeeren beheimateten.

Im gleichen Gebäude gab es schon Beratungsräume der Caritas, der Hospizbewegung und nun eben zusätzlich auch „ihr" Angebot, die Beratung für Pflegebedarf von der Gemeinde. Trotzdem stand sie ständig in Kontakt mit ihrem Chef, täglich um halb acht trafen sie sich in seinem Büro zu einer kurzen Besprechung. Allerdings konnte sie auch tagsüber jederzeit bei ihm anrufen, wenn es rechtliche Fragen gab, die sie nicht beantworten konnte. Die wurden aber immer weniger, denn sie interessierte sich sehr für die rechtlichen Belange und konnte sich die verschiedenen Vorschriften leicht merken und den Leuten in verständlichen Worten weitergeben. Mit der Zeit war es dann schon eher so, dass er sich schnell an sie wandte, wenn er Fragen hatte, weil sie sich zu einer richtigen Expertin entwickelt hatte. Es kam nie zu einer anderen Beziehung zu Herrn Segmüller, als der beruflichen. Aber sie schwärmte für ihn. Er war eine Mischung aus Vaterfigur und Traummann für sie. Sie hatte eine Schwäche für Männer mit sozialer Ader. Das hatte ihr ja auch gleich bei Bernhard gefallen. Dass er als Notfallsanitäter hauptamtlich beim Roten Kreuz arbeitete.

Die Beziehung zu ihm festigte sich, obwohl sie sehr darauf achtete, ihre Freiräume zu behalten. Bernhard begann zu dieser Zeit sich mehr seinem Hobby, dem Radfahren zu widmen. Er war kein Rennradler, sondern fuhr mit seinem Mountainbike oft hundert Kilometer an einem Tag, einfach nur so zum Vergnügen. Das machte er alleine, manchmal verband er auch einen Besuch bei seiner Familie oder bei Schulfreunden, die im Umkreis von 40 oder 50km wohnten. War der Weg zu weit um hin und zurück zu fahren, organisierte er sich meistens einen Transport zur nächsten Bahnstation und fuhr dann mit einer Regionalbahn wieder zurück nach Hause oder zumindest soweit in die Nähe, dass er dann das letzte Stück wieder heim radeln konnte. Elisabeth war eher die Läuferin, aber es störte sie nicht, dass er lieber radelte. So hatte jeder von ihnen einen Sport, den er gerne alleine machte. Schwimmen gingen beide gerne und so fuhren sie oft noch abends zum See und schwammen über eine Stunde. Manchmal zur Marieninsel, wo sie sich dann kurz ans Ufer legten, rasteten und dann wieder zurückschwammen. Sie auf dem direkten Weg, er schlug meist einen großen Bogen, fast quer über den See, um dann gleichzeitig mit ihr wieder am Ufer des Strandbades anzukommen. Danach spazierten sie ein wenig den Seeweg entlang und saßen manchmal noch auf einer der Bänke, die direkt am See standen oder legten sich auf die Hänge-wippliege und schaukelten sich in den Halbschlaf. Diese gemeinsamen Abende waren so harmonisch, dass sie oft beinahe wortlos abliefen. Jemand, der sie von außen be-obachten würde, könnte den Eindruck bekommen, dass sich die beiden nichts mehr zu sagen hatten. Aber: das Gegenteil war der Fall – in diesen Momenten verstanden sie sich auch wortlos. Das war ein Glück, das Elisabeth nur schwer fassen und annehmen konnte. Oft saß sie am nächsten Tag in ihrem Büro, schaute durch das Fenster auf den sonnigen Hinterhof, der zu einer Seitenstraße führte und ließ die ruhigen, schweigsamen Stunden mit Bernhard Revue passieren.

Zu den Kolleginnen im Labor verlor sie nach und nach den Kontakt, denn trotz der zugesicherten Anrufe und Besuche war von ihnen nichts mehr zu hören. Ein paar vereinzelte Telefonate gab es noch mit Anja, aber selbst die wurden schnell weniger, weil sie bemerkte, dass sie den Klagen nicht mehr recht folgen konnte. Zu unwichtig erschienen sie ihr nun, da sie mit ganz anderen – für sie „echteren" Problemen konfrontiert war. Das spürte Anja natürlich auch und wandte sich nicht mehr an sie.

Möglichkeit #5

Elisabeth setzte sich schließlich auf ihren Lieblingshocker, der in der Küche stand, um dort ihren Kaffee zu trinken. Geistesabwesend massierte sie ihre linke Wade, die nach einem Krampf beim Aufwachen noch immer schmerzte und überlegte, was sie heute zu tun hatte. Arbeiten, das nahm ihr schon mal den Großteil des Tages. Sie hatte diesen Job nun schon seit bald zwei Jahren, obwohl sie zu Beginn davon überzeugt gewesen war, nicht länger als sechs Monate dort zu bleiben. Was war passiert? Sie hatte sich an das Geld gewöhnt, an die Regelmäßigkeit. Beides Dinge von denen sie in den Monaten davor sehr wenig gehabt hatte. Aber trotz der Annehmlichkeiten, die er ihr brachte, war sie dort nicht glücklich.

Es war ja nicht so, dass sie nicht arbeiten wollte, aber sie hätte nur zu gerne eine Arbeit gemacht, die für sie einen Hauch an Sinnhaftigkeit besaß. Sie wusste, dass sie sich mit dieser Einstellung das Leben nicht leichter machte, konnte sie aber einfach nicht abschütteln. Das Thema Arbeit – Beruf war für sie schon immer sehr wichtig gewesen. Vor über zehn Jahren hatte sie, nach vielen Jahren des Jobwechselns und der damit verbundenen Unzufriedenheit geglaubt, den richtigen Beruf gefunden zu haben und eine Ausbildung gemacht. Die Jahre danach waren schön und hart zugleich gewesen. Schön, weil sie zumindest teilweise das arbeiten konnte, was ihr richtig und wichtig erschien, hart, weil sie dadurch an den Rand des finanziellen Ruins kam, obwohl sie fast durchgehend parallel dazu auch noch einen Teilzeitjob in einem Labor hatte. Nach zehn Jahren allerdings hatte sie gespürt, dass ihre Kräfte aufgebraucht waren und so hatte sie schweren Herzens die Selbständigkeit aufgegeben und versucht sich eine Arbeit im gleichen Metier zu suchen, bei der sie angestellt war. Leider war ihr das nicht gelungen und so war sie wieder in ihrem Stammberuf gelandet und noch dazu in einer Arbeitsumgebung, die ihrer Weltanschauung in beinahe allen Punkten widersprach. Die Arbeit dort war weder besonders anspruchsvoll, noch anstrengend, aber trotzdem zehrte sie an ihren Nerven. Und an ihrer Gesundheit, wie sie immer wieder erschreckt feststellte. Sie war noch nie in ihrem Leben so häufig verkühlt und angeschlagen gewesen, wie in diesen knapp zwei Jahren. Ein Warnsignal? Ja ganz sicher. Sie schüttelte den Kopf über sich selbst. Was war sie träge und lasch geworden. Eingelullt von einer regelmäßigen Summe auf ihrem Bankkonto. Ernüchtert blickte sie sich um. Sie liebte ihr kleines Haus, ihre Wohnküche, den Garten, die Umgebung, in der sie lebte. Aber war all das es wert, sich krank zu arbeiten? Und wieso sollte es keine andere Möglichkeit geben, hier zu bleiben und sich dabei gesund und wohl zu fühlen?

Diese Gedanken waren nicht neu – sie kamen in beinahe regelmäßigen Abständen immer wieder zu ihr. Aber die Wucht und die Heftigkeit, mit der sie sie heute trafen, waren neu.

Sie richtete sich auf, atmete tief durch und beschloss, ihrer Berufstätigkeit wieder mehr Aufmerksamkeit zu widmen. Vielleicht würde sie eine Möglichkeit finden, dort zu reduzieren und stattdessen eine für sie sinnbringendere Arbeit nebenbei zu machen. Das wäre schon mal ein Anfang.

Seufzend schnappte sie sich ihre Jacke und den Rucksack und machte sich auf den Weg zum Bahnhof. Der Regen plätscherte und tropfte, sie versuchte den knapp 20minütigen Spaziergang zu genießen. Schließlich gab es sonst kaum etwas Schöneres für sie, als durch den

Regen zu spazieren. Heute fühlte sie sich aber schon erschöpft, als sie die Hauptstraße des Ortes überqueren wollte. Sie keuchte. Trotzdem ging sie weiter und versuchte, die negativen Gedanken aus ihrem Kopf zu verscheuchen, indem sie die schöne Umgebung betrachtete. Wie gerne würde sie einfach mal auf der kleinen Holzbank, links vom Weg sitzen bleiben und den anderen Leuten zuschauen, die hier auf ihrem Weg zum Bahnhof vorbeikamen. Weiter sitzen und den Tag vergehen lassen, dann später, sehr viel später, die gleichen Personen wieder nach Hause gehen sehen. Dann aufstehen und selbst wieder heimgehen. Aber, das war eines ihrer vielen: „ich würde ja gerne Mal".

Am Bahnhof angekommen blickte sie missmutig auf die Menschenschar, die sich am Bahnsteig versammelt hatte. Jeden Tag die gleiche Gruppe. Heute allerdings standen sie wegen des Regens dicht gedrängt im oder um das Wartehäuschen, obwohl der Großteil von ihnen Schirme in der Hand hatte oder Kapuzen am Kopf. Sie ging bei ihnen vorbei und stellte sich an ihre übliche Warteposition. Sie war eine der wenigen, die sich in den Regen wagten und so hatte sie heute wenigstens keine rauchenden Schüler neben sich stehen. Sie hob die Schultern bis zu den Ohren und ließ sie wieder sinken. Na toll, da war es noch nicht mal sieben Uhr morgens und sie war schon völlig verspannt. Sie spürte förmlich, wie ihre Schultern sich wieder nach vorne zogen, kaum dass sie sie locker ließ. Typische Schutzhaltung eben, dachte sie bei sich. Schon wurde der Zug von der Computerstimme aus den Lautsprechern angekündigt. Beinahe gleichzeitig löste sich eine Gruppe von Schülern aus dem Knäuel der Wartenden und schob sich in ihre Richtung. „Können die nicht ein bisschen Abstand halten oder einfach nur dort stehen bleiben, wo sie bis jetzt herumgelungert sind?" fragte sie sich missmutig. „Was müssen diese Idioten sich genau zwischen mich und den ankommenden Zug drängen." Sie holte tief Luft, verschränkte ihre Arme vor der Brust und blieb regungslos und ohne einen der Schüler anzublicken stehen. „Eigentlich wäre es so ganz einfach, einen von ihnen vor oder in den einfahrenden Zug zu schubsen", fiel ihr plötzlich ein. Sie hätte wirklich nur einen klitzekleinen Schubs tun müssen, um einen der Nerv tötend laut palavernden Halbwüchsigen zu entsorgen.

Dieser Gedanke erschreckte sie selbst. Was bitte war denn mit ihr los, dass sie nun schon am frühen Morgen Mordgedanken gegen Jugendliche hatte, nur weil die in den gleichen Zug einsteigen wollten, wie sie? „Was heißt da wollen", fragte sie sich missmutig. „Ich will da ja gar nicht rein." „Dann mach es auch nicht und hör gefälligst auf zu meutern", kam eine innere Stimme zurück. „Und dann?" fragte sie zurück, „bleib ich hier am Bahnsteig stehen bis zum St. Nimmerleinstag?" „Das ist eine Möglichkeit, du könntest allerdings auch wieder nach Hause gehen und etwas sinnvolles mit deiner Zeit anfangen", war die schneidende Antwort.

Elisabeth sah sich plötzlich selbst, wie aus der Vogelperspektive. Vor sich der gerade einfahrende Zug, die Menschenmassen um sie herum, die wie Marionetten jeden Tag das gleiche taten. Dann vergrößerte sie den Ausschnitt, sah einen Teil der Umgebung, den Hügel hinter sich, die Häuser darauf, den Kirchturm der Stadt, die Strecke bis nach Salzburg und dann schien die Erde sich immer weiter von ihr zu entfernen, bis nur noch Farbunterschiede auszumachen waren. Wie lächerlich erschien ihr auf einmal ihr ganzes Leben. Was nahm sie dieses Arbeiten denn so wichtig? Es gab tausende und abertausende andere Möglichkeiten für sie ihren Lebensunterhalt zu verdienen. Wieso hatte sie sich denn nur so einlullen lassen von Ängsten und Zwängen, die doch mit ihr so überhaupt nichts zu tun hatten? Sie machte da einfach nicht mehr mit. Punkt und Aus. Sobald sie diesen Entschluss gefasst hatte, kam sie der Erde, der Stadt, dem Bahnhof wieder näher und schlüpfte wieder in sich selbst hinein. Der Zug stand noch immer da, aber alle anderen waren schon eingestiegen. Sie stand da und sah die Gesichter durch die Fenster, der Zugschaffner rief ihr etwas zu, sie verstand ihn nicht, schüttelte aber einfach den Kopf und trat einen Schritt zurück. Damit war der Bann gebrochen. Sie kehrte wieder zur gewohnten Wahrnehmung zurück, hörte den Zug davonfahren, spürte wieder den Regen, der ihr übers Gesicht lief. Sie hob ihr Gesicht dem Regen entgegen und bemerkte, dass sie lächelte. Da war etwas Neues, Leichtes, Fröhliches in ihr. Sie streckte die Arme seitlich aus, die Handflächen nach oben und sagte laut: „Danke für diesen wunderbaren Regentag!" Dann drehte sie sich um und ging wieder nach Hause. Dort angekommen nahm sie als erstes ihr Telefon zur Hand, das sich aber scheinbar nicht so wie sie über den Regen gefreut hatte, sondern ihn als Anlass nahm, sich in die Welt der für immer ruinierten Elektrogeräte zu begeben. Jedenfalls ließ es sich nicht mehr einschalten. „Auch gut, dann muss ich keine blöden Erklärungen abliefern", dachte sie bei sich, setzte sich an ihren Laptop und schrieb eine E-Mail an die Laborleiterin Daniela. Der Text war kurz: Bin krank, wenn es morgen noch nicht besser ist, gehe ich zum Arzt und melde mich dann wieder. Telefon streikt gerade, vielleicht kann ich es später noch reanimieren, sonst besorge ich morgen ein neues. Gruß, Elisabeth.

Dann saß sie wieder in ihrer Küche und ließ die Situation erst mal auf sich wirken. Das war etwas, was sie in ihrem gesamten Berufsleben noch nie getan hatte! Sich krank zu melden, ohne es zu sein. In der Schulzeit ja, da hatte sie öfters mal geschwänzt, war stattdessen in ein Kaffeehaus gegangen und hatte sich dort den Vormittag mit Zeitung lesen und Gequatsche mit anderen Schulverweigerern vertrieben.

Und jetzt? Momentan war sie von der vorübergehenden Freiheit etwas überwältigt. Sie hatte Zeit! Zeit!! Zeit!!!

Sie sprang auf, holte sich einen Schreibblock, Bleistifte und noch einen Kaffee.

WAS TUN? schrieb sie in die Mitte des ersten Blattes. Sofort kam die ersten Antwort: „Kündigen!" Sie schrieb sie links davon und wartete. „Eröffne einen Laden" war die nächste. „Verkaufe deine Seifen", die dritte. So ging es weiter. Immer wieder kamen Ideen, die Einen realitätsnäher als die Anderen, die sie aber alle um die Ausgangsfrage herum notierte. Nachdem dieser erste Schreibfluss versiegt war, riss sie das oberste Blatt nun ab und begann die Antworten, die scheinbar in einem Zusammenhang standen in Gruppen jeweils auf eine eigene Seite zu schreiben.

Danach hatte sie fünf Blätter, mit jeweils drei bis fünf Antworten. Es war ein Blatt darunter auf dem stand. „Zähne zusammenbeißen und weitermachen", ein anderes mit der Antwort „Reich heiraten und den Mann ermorden". Sie lächelte, als sie die Antworten noch einmal durchlas. Diese Art von Brainstorming hatte sie immer schon gerne gemacht. Sie half ihr schon öfter, Antworten und Möglichkeiten zu finden, die weiterhalfen. Die erste Antwort, die ihr eingefallen war, versah sie noch mit einem Sternchen. Schließlich hatte auch das etwas zu bedeuten. Dann legte sie die ganze Blätter zur Seite und überlegte, womit sie sich die nächsten paar Stunden beschäftigen konnte, um sich von allzu viel Grübelei abzulenken. Sie beschloss im Keller mal wieder den scheinbar aussichtslosen Kampf gegen die Spinnweben aufzunehmen. Dort konnte sie ungestört Musik hören und keiner der Nachbarn konnte sie sehen. Sie wollte ja nicht im Krankenstand ums Haus turnen und Fensterputzen oder ihre Regenrinne ausreinigen! Sie stellte sich einen tragbaren CD-Player in den Gang und begann mit Besen erst mal grob die größten Spinnennetze zu beseitigen. Sie ging sehr langsam dabei vor, denn schließlich wollte sie keine der Bewohnerinnen dabei töten – aber ihren Vorschlag, sich woanders häuslich niederzulassen, mussten sie sich wohl oder übel anhören. Danach kam der Nachputz mit Wasser und Bürste und zuletzt wurde der Boden noch gekehrt und gewischt. Gut zwei Stunden später war sie selbst zwar eingestaubt von oben bis unten, aber der Keller sah aus, als wäre er ein Teil des Wohnbereichs. Von der Ferne hörte sie ihr Telefon läuten – das klang sehr nach einem Anruf aus der Arbeit! Sie rannte die Stufen hinauf und erwischte den Anruf gerade noch, bevor sich die Mobilbox einschalten konnte. Im gleichen Moment, in dem sie ihren Namen sagte, wurde ihr bewusst, dass es äußerst seltsam war, dass sich das Telefon, das sich vor kurzem nicht mehr einschalten ließ, nun von ganz alleine wieder regeneriert haben sollte. Sie schickte trotzdem noch ein: Hallo? mit gut hörbarem Fragezeichen hinten nach. Nichts – keine Antwort. Sie hörte nur Rauschen im Hörer, das scheinbar anschwoll und wieder abnahm. „Haaalloooo", rief sie noch einmal etwas lauter. Was war denn das schon wieder – sie hatte doch das Läuten gehört? Sie blickte auf das Display. „Anruf" stand das ganz lapidar. Keine Nummer, keine Nachricht. Sie legte auf. Dann sah sie in die Anrufliste, ob dort mehr Informationen zu finden seien. Aber auch hier nur: „1 angenommener Anruf" und sonst nichts. Sie schüttelte den Kopf, legte das Telefon wieder auf den Tisch, sofort erlosch das Display. Erneut nahm sie es in die Hand und wollte es einschalten – nichts. Tot. Sie überlegte kurz, ob sie diesem Phänomen noch mehr Zeit widmen wollte, entschied sich aber dagegen. Sie ließ es in der Küche liegen, während sie sich unter der Dusche von einer wandelnden staubigen Spinnwebe wieder zurück zu einem Menschen verwandelte.

Sie richtete sich ein kleines Frühstück, Karotten und Gurken, ein Butterbrot und danach noch etwas Käse mit einem Apfel. Dazu trank sie fast einen Liter Wasser – sie hatte nach der Putzaktion noch immer das Gefühl auch innen drin staubig geworden zu sein. Danach ging sie in ihren Garten. So viele Ideen hatte sie schon gehabt, wie sie ihn noch mehr nach ihren Vorstellungen gestalten könnte. Wenn sie nicht mehr stundenlang im Labor herumsitzen müsste, hätte sie für all das Zeit. Sie würde wieder Beratungen anbieten, dieses Mal in Verbindung mit ihren Kräutern. Sie konnte ihre selbstgemachten Seifen, Cremen und Salben verkaufen und vielleicht auch endlich ihre Idee der Hundetagesstätte umsetzen. Dazu könnte sie den hinteren Teil des Gartens abtrennen, um dort eine Spiel- und Laufwiese für ihre Gäste zu haben, im vorderen Teil wären die Kräuter die Haupt"personen"!

Sie wusste auch schon, wie sie beginnen würde, Werbung dafür zu machen. Mit einer Kurskollegin war sie schon vor einigen Wochen ins Gespräch gekommen, weil sie ihr von ihrer Hundesittertätigkeit erzählt hatte. Die wollte ihr dann gleich ihre Eltern als Kunden vermitteln. Ach war das ein herrlicher Tag! So viele Ideen.

Sie nahm den Packen mit den Ideen vom Morgen und sah sie noch mal oberflächlich durch. Im Prinzip brauchte sie sie gar nicht mehr, weil sich in der kurzen „Denk-Auszeit" danach, schon ein Plan geformt hatte, der ihr nun eben bewusst geworden war. Diesen hielt sie jetzt noch schriftlich Punkt für Punkt fest. Die übrigen Zettel legte sie in eine Mappe, die sie mit „Berufsideen – falls mir mal nichts mehr einfällt" beschriftete. Dann nahm sie den aktuellen Plan zur Hand und überlegte ganz realistisch, was sie für die einzelnen Punkte für Voraussetzungen brauchte, welche rechtlichen Fragen zu klären waren und was sonst noch zu bedenken war.

Die Kräuter wuchsen ja beinahe von selbst – wenn sie neue Sorten aussäen wollte, würde sie damit sowieso bis zum nächsten Jahr warten müssen.

Sie hatte allerdings so gut wie keine Vorräte an selbst hergestellten Produkten – also musste sie sofort anfangen, mehr zu produzieren. Dafür benötigte sie wiederum mehr Grundzutaten, die ja auch alle erst reifen mussten. Bis diese soweit waren, hatte sie also ausreichend Zeit, die Hälfte ihrer Garage in ein kleines Verkaufslokal umzubauen. Ob sie es auch neu isolieren und besser abdichten musste für den Winter konnte sie selbst nicht klären, dafür würde sie Hilfe von ihrem Freund Andreas benötigen. Der half ihr immer wieder bei kleineren Reparaturen im Haus und gelegentlich auch bei größeren Umbauplänen. Lagern konnte sie ja trotzdem alles bei sich im Keller, aber der Verkauf würde dort vor sich gehen. Sie rechnete mit einer ungefähren Vorlaufzeit von zwei Monaten. War es wohl besser so lange noch im Labor zu bleiben und erst dann zu kündigen? Sollte sie überhaupt versuchen, nur die Stunden zu reduzieren und ihr Hobby zu einem Teilzeitberuf zu machen? Nein, nichts da. Sie spürte ja jeden Tag, wie sehr sie dieser ganze Betrieb einerseits lähmte und ihr Energie entzog, andererseits aber auch unsicher machte und sie glauben ließ, mit einer „sicheren" Stelle besser dran zu sein, als mit einem selbstbestimmten Leben. Außerdem konnte sie ja keine Hunde betreuen, wenn sie nicht zu Hause war!

Dann schrieb sie sich noch eine Liste, was in den nächsten Tagen zu tun war. Anrufe, Besorgungen, Auskünfte. Dazu gehörte auch die schriftliche Kündigung an ihre Arbeitsstelle zu schicken.

Ein Telefon! Sie brauchte es ja doch. Sollte sie trotz „Krankenstand" in den Ort gehen, um sich ein neues zu kaufen oder sollte sie lieber zu Hause bleiben, ... da fiel es ihr ein. Sie würde noch in dieser Woche kündigen! Worüber sollte sie sich also noch Gedanken machen, was die Arbeit im Labor betraf. Warum die Energie, die sie jetzt verspürte, einfach ungenutzt vergehen lassen, nur wegen einer Vorschrift, die sie gar nicht mehr betraf? Sie packte zum 2. Mal an diesem Tag ihren Rucksack und ihre Jacke und spazierte – dieses Mal um Klassen energiegeladener und fröhlicher – in den Ort und kaufte sich ein neues Telefon. Danach erledigte sie gleich noch den üblichen Wocheneinkauf und kam nach knapp zwei Stunden vollgepackt wieder zu Hause an.

Nach dem Einkauf saß sie glücklich auf ihrer Bank vor dem Haus, blinzelte in die Sonne und dachte laut: „So, ab jetzt darf alles Gute in mein Leben treten. Ich bin offen und empfänglich, für alles Gute, für den Überfluss und die Überfülle des Universums. Ich freue mich über jeglichen Reichtum, der auf den verschiedensten Wegen in mein Leben tritt." Ein Teil der Gartenhecke bewegte sich genau in diesem Moment.

„Hallo, jemand zu Hause", rief eine fragende Stimme. Sie stand auf und ging zum Gartentor. Da stand ein junger Mann mit blauem T-Shirt, blauen Jeans und tiefblauen Augen.

„Hallo, ich bin Reinhard", sagte er und lächelte sie an. „Hättest du vielleicht einen kurzen Moment Zeit? Ich würde dir gerne unsere neue Tausch- und Vertriebsgemeinschaft vorstellen, die wir hier im Ort gegründet haben. Wir suchen dafür noch Mitglieder und eine Nachbarin von dir hat mir erzählt, dass du tolle Seifen und Cremen herstellst. Vielleicht möchtest du ja mal bei uns vorbeischauen!"

„Klingt interessant", sagt sie. „Komm doch erst mal rein. Magst du was trinken?"

Er folgt ihr in den Garten.

„Ich bin gerade etwas in der Sonne gesessen. Wir können uns aber auch auf die Terrasse setzen, wenn es dir lieber ist."

„Nein, ist schon ok. Ich bin froh, wenn ich draußen sein kann. Also eigentlich bin ich fast den ganzen Tag draußen. Ich habe mit meinem Bruder einen Bio-Gemüseanbau gestartet und nachdem uns die Wochenmärkte zu reglementiert und zu eingeschränkt erscheinen, haben wir uns zusätzlich dazu noch eine andere Vertriebsmöglichkeit ausgedacht. Ein paar Bekannte von uns, die auch mitmachen hatten dann die Idee, die Branchen nicht nur auf Lebensmittel zu beschränken und da kommst unter anderem du jetzt ins Spiel. Wie verkaufst du denn deine Produkte bisher?"

„Fast gar nicht", sagte sie. „Ich verschenke das meiste oder produziere nur für den Eigenbedarf. Gelegentlich bekomme ich natürlich von der einen dafür eine Packung Kaffee und von der anderen eine Steige voll mit Pflanzen. Aber so richtig verkauft habe ich bis jetzt noch nie. Auch nicht offiziell getauscht." Sie steht noch mal auf. „Ich hol uns jetzt mal etwas zu trinken. Was hältst du von Brennnessel-Pfefferminz-Wasser?"

„Ist ok", sagte er und lehnte sich entspannt auf der Bank zurück. Sie ging gemächlich ins Haus und konnte sich ein breites Grinsen nicht verkneifen. „Danke! Danke! Danke! Danke!" sang sie innerlich vor sich hin. „Das nenne ich eine prompte Lieferung. Ich beschließe zu kündigen und schwupp-di-wupp kommt schon die nächste Einnahmequelle in so richtig netter und ansehnlicher Form zu mir." Mit einem Krug Wasser und zwei Gläsern ging sie zurück in den Garten. Sie setzte sich auf die Bank neben ihn. „Hier – gegen den Durst." Sie reichte ihm ein Glas und schenkte ein.

„Wie wollt ihr denn den Austausch organisieren", fragte sie ihn nun.

Er erklärte ihr die Idee, eine Art Online-Börse zu führen, die allerdings nur den Bedarf aufzeigen sollte. Der eigentliche Austausch würde dann regelmäßig an einem fix vorgegebenen Termin stattfinden. Außer es wäre so, dass sich zwei direkte Tauschpartner finden, die könnten sich dann natürlich jederzeit auch früher treffen. Das sei aber in der Praxis nicht ganz so häufig. Und da sich immer wieder auch Nicht – Mitglieder für diese Art von Tauschbörsen interessierten oder einfach nicht wussten, was sie selbst an Angebot zur Verfügung stellen könnten, gab es für diejenigen auch die Möglichkeit auf herkömmliche Art und Weise bei der Tauschgemeinschaft einzukaufen. Jeder der Mitglieder würde ja trotzdem auch immer wieder das Tauschmittel Geld – Euro benötigen und so seien sie für alle offen. Durch den gemeinsamen Internetauftritt ersparten sie sich viele Einzelkosten und Arbeit.

Sie saßen noch eine ganze Weile da und redeten – Elisabeth erzählte ein wenig von ihrer momentanen Situation – nach dem Tag ganz mit sich alleine, tat es gut, sich mit jemandem austauschen zu können. Schließlich aber musste er wieder los, schließlich hatte er noch einige Häuser vor sich, bei denen er seine Idee bekannt machen wollte. Als sie später alleine vor dem Haus saß, hatte sie seit langem mal wieder das Gefühl am richtigen Weg zu sein. Sie fühlte sich frei und glücklich. Zwar fiel ihr dann auch noch ein, dass sie ihre Kündigung noch schreiben musste. Sie setzte sich an ihren Laptop und formulierte ein paar knappe Sätze. Den Brief druckte sie aus und steckte ihn gleich in einen Umschlag. Bevor sie sich aufmachte, um ihn gleich zum nächsten Briefkasten zu tragen, schickte sie ihn noch als Anhang per Email an die Laborleiterin, die zuständige Laborärztin und die Personalstelle. So. Das war erledigt. Somit hatte sie gleich im Vorhinein verhindert, dass sie heute Nacht das große Zaudern bekam und die Kündigung wieder aufschob. Statt den Brief für den nächsten Tag liegen zu lassen, schlüpfte sie in ihre Laufkleidung, schnappte ihn und lief los. „Wieder gesundet", dachte sie bei sich, als sie zum nächsten Postkasten abbog. „Was so eine neue Zukunftsperspektive doch alles ausmachen kann." Nachdem sie ihn eingeworfen hatte, lief sie noch eine kleine Schleife um den Ort und war 45 Minuten später wieder zurück. Das neue Telefon hatte sich inzwischen aufgeladen und sie begann gleich, es in Betrieb zu nehmen. Drei Anrufe in Abwesenheit zeigte es ihr an, alles unbekannte Nummern. Wahrscheinlich wollte ihr da jemand etwas verkaufen, was sie entweder nicht brauchte oder woanders günstiger bekam. Sie mochte diese Telefonverkäufer überhaupt nicht. Kaum hörte sie den Singsang der eingelernten Begrüßungssätze, legte sie schon wieder auf und sperrte die Nummer. Sie überlegte kurz, ob sie jemandem von ihrem Entschluss erzählen sollte. Ja – ihre Freundin Agnes würde sie anrufen. Die war immer Feuer und Flamme für alle Veränderungen, die Arbeit betreffend. Vielleicht mochte auch sie sich mit etwas bei der neuen Tauschbörse beteiligen? Wie erwartet kamen von ihr nur durchwegs positive Reaktionen auf die Kündigung. Das tat ihr gut – wobei sie sich auch eingestehen musste, dass es da einen winzig kleinen Restteil in ihr gab, der sich noch ein wenig unsicher fühlte. Das war wohl so eine Art Sicherheitsberater in ihr drinnen. Aber den würde sie schon in Schach halten.

Der nächste Tag begann völlig ungleich dem vorherigen. Kein Krampf, sondern ein freudiges Erwachen. Sie freute sich darauf, ihren Kolleginnen in der Arbeit von ihren neuen Plänen mitteilen zu können, die letzten Wochen mit ihnen zu arbeiten und die Aussicht auf die Veränderung in ihrem Leben. Sie war schon vor dem Wecker aufgewacht und beschloss daher, ein Stückchen mit dem Rad zu fahren und erst eine Station später in den Zug zu steigen. Nach einem kräftigen Frühstück fuhr sie los. Kaum war sie fünf Minuten geradelt, befand sie sich schon abseits des Ortes in einer wunderschönen Landschaft. Nur ein Rad- und Gehweg führte durch eine naturbelassene Gegend. Sie hörte die Vögel zwitschern, den Kies unter ihren Reifen knirschen und ihren Atem. Dann hörte sie eine Männerstimme, die kurze Befehle rief. „Ah, da trainiert jemand mit seinem Hund", dachte sie, fuhr um die nächste Kurve und sah eine bekannte Gestalt. Da ging Reinhard mit einem großen braunschwarzen Hund den Weg entlang. Die Rasse war für sie undefinierbar. Der Hund ging gehorsam neben ihm, blieb auf Befehl sitzen und schaute ihm nach. Erst, als er gerufen wurde, trabte er los und setzte sich auf eine Geste mit der Hand direkt vor sein Herrchen. Elisabeth verringerte das Tempo und blieb neben den beiden stehen.

„Guten Morgen Reinhard", sagte sie. „So früh am Morgen schon Erziehungsmaßnahmen?"

„Hallo Elisabeth, das ist ja eine Überraschung. Ich war so auf Boffo konzentriert, dass ich dich gar nicht erkannt habe. Ja, wir peppen den Morgenspaziergang gerne ein wenig auf, sonst wird dem jungen Herrn schnell langweilig und er kommt auf dumme Gedanken, " antwortete er lachend.

„Wie das bei jungen Herren eben oft so ist", grinste sie zurück. „Darf ich fragen, was Boffo für eine Rasse ist? Ich kann ihn nicht zuordnen".

„Oh, dabei ist das bei ihm doch ganz einfach. Es gibt nämlich kaum eine Rasse, die er nicht ist;" antwortete Reinhard augenzwinkernd. „Seine Mutter hatte die eine Hälfte aller Rassen dieser Welt in sich und sein Vater die andere Hälfte. So ist er ein wunderbares Wesen mit allen guten Eigenschaften, die du dir nur vorstellen kannst."

„Das glaub ich dir aufs Wort. Und nicht nur tolle Anlagen hat er sondern auch eine besonders gute Erziehung", lachte sie zurück. „Tut mir leid, ich muss sausen, ich möchte noch die S-Bahn in Weng erwischen. Aber ich wünsche euch noch einen tollen Spaziergang und einen schönen Tag."

„Danke, dir auch – halt die Ohren steif!"

Beschwingt radelte sie weiter. Erst im Zug begann sie sich Gedanken darüber zu machen, wie ihre Kündigung wohl aufgenommen wurde. Aber – das war mehr das Problem der anderen, als das ihre. Sie lehnte sich zurück und genoss die Aussicht. Eine knappe halbe Stunde später spazierte sie gemächlich Richtung Arbeit.

Ach wie gut tat es zu wissen, dass ihre Tage hier gezählt waren. Die ganzen Reibereien, die kleinen Missverständnisse, das Gerangel um Aufmerksamkeit – es würde ihr so gar nicht fehlen. Auch die Arbeit an sich, die für sie nie sehr sinnvoll gewesen war, weil sie ihren Grundeinstellungen widersprach, würde sie wohl kaum vermissen. Aber Stopp. Noch war ja nicht ihr letzter Arbeitstag gekommen. Ein paar Wochen würden ihr noch bleiben. Sie zog sich um und ging ins Labor. Dort saß schon ein Großteil ihrer Kolleginnen. Sie setzte sich zu ihnen und sagte: „Nur damit keine falschen Gerüchte aufkommen, sag ich es euch lieber gleich selbst. Ich habe gekündigt und werde mit Ende Juni hier aufhören." Wumm. Es war totenstill in dem Raum. Einzig der Tiefkühlschrank surrte noch fröhlich vor sich hin. Sechs fragende Gesichter schauten sie an.

„Aber wieso?" kam es schließlich von Anja. „Hast du was anderes gefunden?"

„Ja und nein", antwortete Elisabeth. „Ich habe gestern schon etwas aufgetan, aber der Entschluss zu kündigen war schon davor da. Es ist einfach an der Zeit für mich, wieder was Neues anzugehen. Aber ein paar Wochen habt ihr mich ja noch am Hals. Also keine verfrühten Jubeleien hier herinnen, wenn ich bitten darf!" Sie stand auf und ging in den Raum, in dem sie momentan arbeitete. So, jetzt konnten die anderen erst mal in aller Ruhe darüber reden, in einer halben Stunde wäre dann auch Daniela angekommen und würde die Kündigung in ihrem Email-Posteingang finden. Dann ginge das Fragespiel zwar sicher wieder von vorne los, aber dem sah sie gelassen entgegen.

Der Tag verging sehr schnell, die Gespräche, bzw. Fragerunden hielten sich sehr in Grenzen. Lena, die Ärztin, die für die personellen Angelegenheiten im Labor zuständig war schien eher persönlich beleidigt zu sein, als überrascht, aber auch dieses Gespräch konnte sie kurz und objektiv halten. Sie telefonierte auch noch mit der Personalstelle, mit der Bitte ihr die restlichen Urlaubstage zu berechnen, die sie sich würde auszahlen lassen. Dann verließ sie kurz vor Dienstschluss die Laborräume und fuhr wieder nach Hause. Am nächsten Tag würde sie sich wieder mit allen zur Mittagspause setzen und mit ihnen überlegen, wie ihre Arbeit am besten aufgeteilt werden konnte. Aber das war erst morgen. Heute war noch Zeit für einige Besorgungen, die sie für die nächsten Chargen Seifen und Cremen noch benötigen würde. Ganz in der Nähe ihrer Arbeitsstelle gab es ein kleines Geschäft, das all die Produkte führte, die eine private Seifensiederin benötigte. Sie kaufte dieses Mal einfach von allem etwas mehr ein und behielt auch erstmals die Rechnung auf. Die würde sie in Zukunft für ihre Buchhaltung brauchen. Puh, an was da alles noch zu denken war!

Die restlichen Tage und Wochen im Labor vergingen wie im Fluge. Sie begann nebenbei schon vermehrt Öle und Essenzen anzusetzen. Pflückte mindestens einmal pro Woche auf einem Spaziergang Kräuter, die nicht in ihrem Garten wuchsen, um ihre Produktpalette zu vergrößern. Das erste Treffen der Tauschgemeinschaft stand an und darauf freute sie sich schon ganz speziell. Sie würde ein paar Proben ihrer Seifen und Cremen mitnehmen, ansonsten aber erst mal nur eine Liste ihrer Produkte, die sie lagernd hatte. Der Abend, an dem das Treffen dann stattfand verlief zwar völlig anders, als von ihr geplant, aber im Nachhinein gesehen nicht schlecht für sie. Es waren knapp dreißig Personen anwesend, Reinhard sprach ein paar einführende Worte, begrüßte sie alle und gab einen kurzen Überblick über das bisher erreichte.

Dann folgte eine „kurze" Vorstellungsrunde, in der jeder seinen Namen und sein Angebot bekanntgab. „Obergrenze: 5 Sätze!" wie Reinhard lachend erklärte. „Sonst sitzen wir im Morgengrauen noch immer hier, anstatt unsere neue Selbständigkeit zu genießen. Außerdem muss ich pünktlich nach Hause, meine Frau erwartet in den nächsten Tagen unser drittes Kind und hat momentan verständlicherweise wenig Toleranz gegenüber durchgemachten Nächten meinerseits!"

„Autsch! Das saß." dachte Elisabeth bei sich. „Aber das hättest du dir ja denken können, dass so ein Typ in dem Alter nicht mehr solo ist. Naja, wenn ich ihn halt immer nur alleine gesehen habe, kann ich mir aber auch keinen Vorwurf machen, wenn ich mir falsche Hoffnungen gemacht habe." Über dieses innere Gespräch überhörte sie auch glatt die Vorstellung der ersten paar Teilnehmerinnen. Aber die würden ja sicher auch Folder oder sonstige schriftliche Infos dabei haben, beruhigte sie sich selbst. Etwas geknickt war ihre Laune aber doch, das musste sie sich eingestehen. Aber schon bald war sie fasziniert von der Bandbreite der Angebote. Es gab von kaum einem Angebot mehrere Anbieter, was jedem sozusagen Exklusivrechte verschaffte. Dann war auch schon sie an der Reihe. Sie stand auf, lächelte in die Runde und stellte sich und ihr Angebot vor:

„Elisabeth Bergmaier, ich stelle Naturseifen, Hautcremen und Salben her. Außerdem verkaufe ich Kräuteröle und -auszüge, alle selbst gesammelt, der Großteil davon aus meinem eigenen Garten. In Zukunft werde ich vermutlich auch tageweise eine Art Tagesstätte für Hunde berufstätiger Menschen anbieten." Sie nickte, um das Gesagte zu unterstreichen und setzte sich wieder. Die Frau links von ihr kam dran. So ging es dann noch einige Zeit weiter. Anschließend wurden noch allgemeine

Fragen erläutert und kurz nach 22 Uhr löste sich die Versammlung wieder auf. Elisabeth hatte eine ganze Liste mit Namen und Produkten, die sie gerne über die Tauschgemeinschaft beziehen würde. Außerdem hatte sie alle ihre Infozettel weitergeben können. Sie ging mit dem wunderbaren Gefühl, am richtigen Weg zu sein, nach Hause.

Dort fiel ihr zwar wieder kurz die Enttäuschung ein, die sie am Abend befallen hatte. Ja, sie war sehr zufrieden mit ihrem Leben, aber trotzdem könnte sie sich vorstellen, mal wieder eine Beziehung einzugehen. Mit einem für sie passenden Partner. Und es war nicht zu leugnen, dass Reinhard ihr passend erschienen wäre. Naja, es war ja kein Beinbruch.

Am nächsten Morgen war sie wieder früh wach. Es war, als hätte ihr die Kündigung neue Energien zur Verfügung gestellt. Kein langsames, schleppendes Erwachen mehr. Kein sich-aus-dem-Bett-quälen, wieder einschlafen, aufschrecken und schließlich mit Höchstgeschwindigkeit zum Bahnhof radeln. Nein, sie wachte knapp zwanzig Minuten vor dem Wecker auf, dehnte und streckte ihren ganzen Körper und stand mühelos auf. Nach der Morgentoilette machte sie ein paar Yogaübungen und ging anschließend frühstücken. Dann sah sie, dass sie wieder genügend Zeit haben würde, die Radtour des gestrigen Tages zu wiederholen und trat vor das Haus. Der Morgentau lag noch über dem Gras und glitzerte auf den Blättern der Hecke vor ihr. Sie atmete tief die frische Morgenluft ein und fuhr los. Dieses Mal wählte sie eine etwas andere Strecke als am Vortag, die sie allerdings auch zum gleichen Einsteigpunkt bringen würde. Sie genoss die menschen- und vor allem autoleere Stille der Straße und begann vor sich hinzusummen und -singen. „Good Morning Starshine". Als sie das zweite

Mal bei Saba-sibi-saba angekommen war, sah sie Reinhard mit seinem Hund in kurzer Entfernung auf sich zu kommen.

„Guten Morgen", rief er freundlich. Boffo kam angetrabt und beschnüffelte interessiert ihre Radspeichen.

„Guten Morgen! Du bist ja wieder früh unterwegs", sagte sie etwas atemlos.

„Ganz schön anstrengend singen und radeln gleichzeitig", lachte er.

„Oh. Hm.. hast du mich denn gehört? War ich so laut?"

„Laut und inbrünstig", gab er zurück. „Hat schön geklungen. Singst du öfters?"

„Ja, aber selten beim Radfahren. Da verschluckt man nämlich so leicht Fliegen und andere Insekten und das versuche ich tunlichst zu vermeiden!" gab sie zur Antwort. „Tut mir leid, aber ich muss schon wieder weiter. Der Zug wartet nicht auf mich."

„Ach ja, du musst ja noch zur Arbeit nach Salzburg. Hast du nun schon gekündigt? Wie lange musst du denn noch?"

„Noch gut sechs Wochen", antwortete Elisabeth, „Ende Juni habe ich es hinter mir. Schönen Spaziergang noch, bis bald!" Sie fuhr weiter und wunderte sich. Nein. Sie täuschte sich nicht. Dieser Mann flirtete doch mit ihr. Auch wenn sie nun wusste, dass er verheiratet war und gerade wieder ein Kind bekam, sie war doch nicht ganz verdreht in ihrer Wahrnehmung. Seltsam. „Aber vielleicht ist das einfach seine Art mit Menschen zu sprechen", versuchte sie sich einzureden. „Quatsch" war die Antwort darauf. „Entweder der Typ ist ein notorischer Flirter oder an der Geschichte mit Frau und Kindern stimmt etwas nicht. Egal. Ich werde mich zurückhalten, was ihn betrifft, bis ich weiß, was da läuft."

Die Wochen im Labor vergingen schnell. Nachdem sie es fast zwei Jahre dort ausgehalten hatte ohne einen Endpunkt zu kennen, erschienen die paar Wochen mit Ablaufzeit nun sehr kurz und einfach. Ihre Stelle war bereits ausgeschrieben und auch wenn das Verhältnis zu ihren Kolleginnen etwas kühler geworden war, so verlief die Arbeit doch sehr problemlos. Elisabeths Aufmerksamkeit hatte sich nun schon beinahe vollständig auf ihre selbstständige Tätigkeit konzentriert. Jeden Tag stand sie in ihrem Garten und beobachtete, welche Kräuter wo wuchsen. Wer sich in wessen Nachbarschaft wohl fühlte und versuchte diese Partnerschaften zu verstärken. Sie hatte sich ein umfangreiches Buch über heimische Kräuter gekauft, mit dessen Hilfe sie auch die letzten, ihr unbekannten Pflanzen in ihrem Garten bestimmen konnte. Die Arbeit lief gut an, sie bekam ständig Anfragen aus dem Tauschkreis selbst und – was sie sehr freute – auch von externen Käufern. Ihr Guthabenkonto war im Plus und so konnte sie beginnen, selbst auch Produkte und Dienstleistungen aus dem Tauschkreis in Anspruch zu nehmen. Jedes Mal wenn sie mit anderen Teilnehmern zusammenkam, fiel ihr das verächtliche Grinsen einer Kollegin ein, das sie mit der Antwort: „Naja, das ist halt so eine Spinnerei für Ökofreaks" aufgesetzt hatte, als Elisabeth auf ihre Frage, wie sie denn in Zukunft ohne festes Einkommen überleben würde, von dem Projekt erzählt hatte.

Aber auch, wenn sie versuchte diese Reaktion als unreif, bzw. „kenn ich nicht, mag ich nicht-Allüre" abzutun, ein wenig war sie doch verletzt, dass ihren Plänen so wenig Wertschätzung entgegengebracht wurde. Dann hatte sie wieder klarere Momente, in denen sie sich eingestehen musste, dass sie den Zukunftsplänen ihrer Kolleginnen auch nicht sehr viel Achtung erwiesen hatte. Obwohl sie immer betont hatte, dass es für SIE eben nicht der richtige Weg sei, ihr Geld zu verdienen, war auch immer klar gewesen, dass sie der Arbeit im Labor nicht unbedingt positiv gegenübergestanden war. Aber so hatte eben jede ihre eigenen Vorstellungen vom Arbeitsleben.

Zwei Wochen vor ihrem letzten Arbeitstag lud sie ein paar ihrer Kolleginnen noch mal zu sich zum Grillen ein. Das hatte sie auch im vergangenen Jahr einige Male gemacht und die Abende waren immer sehr lustig verlaufen. Dieses Mal war die Stimmung allerdings nicht mehr so gelöst. Sie tat sich schwer, den Klagen der Anderen genügend Beachtung zu schenken, obwohl sie ja noch mit dabei war. Aber ihre Prioritäten hatten sich schon so sehr verschoben, dass sie den vielen kleinen und größeren Ungerechtigkeiten beinahe gleichgültig gegenüberstand.

„Du kannst ja ruhig bleiben, du musst ja nicht mehr lange da rein", rief plötzlich eine der Kolleginnen aus. „Aber ich muss mir das bis zu meiner Pension antun und ich hab keine Chance, da jemals raus zu kommen!"

„Aber Ursi", entgegnete Elisabeth, „das stimmt doch überhaupt nicht. Du hast so ein großes Wissen und kennst dich in so vielen Bereichen gut aus. Wenn du willst, findest du garantiert innerhalb eines Jahres eine Stelle, wo sie froh sind, dich zu bekommen! Nur musst du dich über den Neuanfang drüber trauen. Das ist halt nicht immer leicht. Glaubst du ich hätte kein Magenflattern bei dem Gedanken, dass ich heute oder morgen mein letztes festes Gehalt bekomme? Ich bin schon einmal mit meiner Selbständigkeit gescheitert – das macht es für mich nicht einfacher, wieder damit zu beginnen."

Nachdenklich sahen die anderen sie an.

„Aber warum tust du es dann?" fragte Anja.

„Weil der Gedanke daran, es nicht zu versuchen, um so viel schlimmer für mich war, als die ganze Unsicherheit und Existenzangst, die es gibt. Es fühlt sich einfach richtig für mich an und die Tatsache, dass der Gründer dieser Tauschgemeinschaft an dem Tag auftaucht, an dem ich für mich beschließe zu kündigen, war noch eine weitere Hilfe. Wie das alles ausgehen wird, weiß ich nicht, aber wenn wir in Kontakt bleiben, werdet ihr es sicher erfahren." Sie hob das Glas an den Mund und trank ein paar Schlucke. „Aber jetzt hören wir auf, von der Zukunft zu reden. Wer mag noch etwas auf den Grill schmeißen? Die Glut lässt schon nach. Da sind noch Zucchini und Kartoffeln und ich glaube drinnen sind noch zwei oder drei Spieße." Essen war doch immer wieder eine gute Möglichkeit die Stimmung zu retten und so saßen sie noch lange, aßen und tranken und redeten über Wünsche, Träume und Möglichkeiten in ihren Leben.

Möglichkeit #6

Elisabeth saß in der Küche und blickte auf die Tasse Kaffee, die sie in der Hand hielt. Wie jeden Morgen. Das war heute nicht ihr Tag. Sie hatte es schon beim Aufstehen gespürt. Das heißt gespürt hatte sie zuallererst mal den Krampf in ihrer linken Wade, der sie aus dem Halbschlaf gerissen hatte. Gerade war sie damit beschäftigt gewesen langsam aufzuwachen, als dieser Scheißkrampf sie in Sekundenschnelle aus dem Dösezustand riss und in ein jammerndes, aber hellwaches Bündel verwandelte. Sie hielt sich das Bein, versuchte durch reiben und massieren, die Muskelfasern dazu zu bewegen, wieder locker zu lassen, hieb schließlich mit der Faust auf den harten Muskel ein und fluchte laut. Noch immer spürte sie die verkrampfte Stelle, wie wund an der Hinterseite ihrer Wade. Es hatte einige Minuten gedauert, bis der Krampf sich löste, sie erleichtert aufatmete und sich dann ganz vorsichtig, ohne das linke Bein zu sehr zu strecken oder anzuwinkeln, aus dem Bett schälte. Es war noch früh, aber sie hatte keine Lust mehr, liegen zu bleiben und sich im Bett zu räkeln. Zu groß war die Gefahr, dass der Krampf zurückkam und sie weiter quälte. Also zog sie sich im Schneckentempo an, versuchte sich ein Gesicht aufzumalen, mit dem sie durch den Tag kam und setzte sich schließlich auf ihren Lieblingshocker, der in der Küche stand, um dort ihren Kaffee zu trinken.

Sie überlegte, was sie heute zu tun hatte. Arbeiten, ach ja. Besser sie dachte noch nicht zu viel darüber nach, sie wollte sich ihre ruhige Morgenstunde dadurch nicht schon verderben lassen. Besser, sie holte sich ein Buch aus dem Regal. Bücher konnten sie am allerbesten von ihrem Alltag ablenken. Da versank sie in die Geschichten und folgte aufmerksam den Handlungssträngen. Am liebsten las sie Krimis. Gut geschriebene, intelligente Krimis. Mit Ermittlern, die Profil hatten. Zwischendurch auch mal einen Roman oder eine Biographie. Hauptsache, sie war gefesselt. Lesen war für sie eine Sucht, denn ohne Bücher fühlte sie sich nicht wohl. Und eine Flucht, denn so vergaß sie den Alltag, der sie momentan nicht glücklich machte.

Ein Blick auf die Uhr zeigte ihr, dass sie los musste. Schnell den Rucksack gepackt – das eben begonnene Buch hinein und schon machte sie sich auf den Weg zur Bushaltestelle zwei Häuser weiter. Seit vor einem Jahr eine neue Buslinie eingeführt wurde, ließ sie sich jeden Tag zum Bahnhof chauffieren. Früher war sie immer mit dem Auto gefahren, was auf Dauer gesehen aber ziemlich teuer war. Außerdem musste sie sich damals immer über die Fußgänger ärgern, die völlig rücksichtslos einfach auf den Zebrastreifen sprangen und sie zum abbremsen zwangen. Am liebsten hätte sie die jeden Tag aufs Neue zurechtgewiesen, meistens fühlte sie sich aber nur frustriert, zuckte mit den Schultern und resignierte. Das war in vielen Dingen so. Sie hatte das Gefühl sowieso nicht viel an ihrem Leben beeinflussen zu können, also war es für sie sinnlos und Energieverschwendung in den Widerstand zu gehen. Ärgerlich wurde sie nur, wenn sie Pauschaltipps hörte oder las, wie man sein Leben besser, gesünder und glücklicher gestalten konnte. Dann dachte sie bei sich, dass diese Idioten, die so etwas verzapften, wahrscheinlich genau die waren, die selbst mit ihrem Leben nicht zurande kamen.

Sie grinste grimmig. Weiter – der Zug wartete nicht. Egal – es kommt ein nächster. So liefen ihre inneren Gespräche ab. Innere Dienstanweisungen sollte man wohl besser sagen. Sie schlenderte zur Bushaltestelle. Am Bahnhof stieg sie aus und blickte um sich. Wie toll wäre es, nach diesen gut zehn Minuten nicht in den Zug steigen zu müssen, sondern einfach hier in der Gegend zur Arbeit gehen zu können. Das war ihr Lieblingstagtraum im Moment. Ganz so abwegig war der auch wieder nicht. Es gab ja genügend Firmen und potentielle Arbeitsplätze in dieser Gegend. Schon öfter hatte sie sich vorgenommen, alle möglichen zukünftigen Arbeitgeber aus diesen paar Straßen herauszuschreiben und ihnen eine Blindbewerbung zu schicken. Daraus wurde allerdings nie Realität. Wahrscheinlich wollte sie sich einfach vor der Enttäuschung schützen, die sie unweigerlich überfallen würde, wenn sie nur lauter Absagen bekommen würde. Also besser dort bleiben, wo sie war. Ihr blieben ja noch die Bücher und die Tagträume.

Am Bahnsteig schaute sie sich missmutig um. Wieder standen da Massen an Schülern, meistens in Gruppen, die meisten rauchend oder laut. Sie mochte beides nicht, zog allerdings die lauten vor, da sie sich vor denen durch ihren mp3-Player besser schützen konnte. Den wollte sie jetzt auch aus ihrem Rucksack fischen, kramte allerdings so lange erfolglos darin herum, bis der Zug einfuhr. Sie ergatterte noch einen Fensterplatz, zog ihre nasse Jacke aus und drückte sich tief in den Sitz. Sie wollte nicht hören, was um sie gesprochen wurde und versuchte sich durch den Blick aus dem Fenster abzulenken. Bei jeder Station stiegen Fahrgäste zu und schon beim dritten Stopp war auch der Platz neben ihr belegt. Die Frau sprach mit einer andern, die über dem Gang saß. Scheinbar ging es da um eine neue Stelle oder ein Problem damit. Ihre Nachbarin hatte scheinbar ihrem Ex-Chef noch zugesagt, ihm bei der Suche nach einer Nachfolgerin behilflich zu sein. „klar ist es ein Aufwand," sagte sie jetzt gerade, „aber für mich ist es so viel einfacher, auch wenn die Stelle in Neumarkt sicher interessanter war und ich weniger Stunden arbeiten musste".

Na super, dachte Elisabeth jetzt bei sich. Ich wäre überglücklich über eine Stelle in Neumarkt und die gibt sie einfach so auf. Um sich nicht ärgern zu müssen, wandte sie sich noch stärker dem Fenster zu und hing ihren eigenen Gedanken nach. Als der Zug am Hauptbahnhof stehen blieb, sah sie die Frau den Bahnsteig entlang gehen.

„Mist", dachte sie bei sich. „Hätte ich sie einfach ansprechen sollen, um was für eine Stelle es da geht? Aber ich kann doch nicht einfach wildfremde Personen im Zug ansprechen, weil ich Teile ihres Gesprächs belauscht habe." Sie schloss die Augen und versuchte sich in ihren Lieblingszustand zwischen wachen und schlafen zu versetzen.

„Aber warum denn eigentlich nicht?" fragte eine kleine fiese Stimme in ihr. „Wenn du so unbedingt in Neumarkt arbeiten willst, warum springst du dann nicht endlich über deinen Schatten und kommst in die Gänge?"

„Blödsinn", sagte sie jetzt laut, wütend darüber, dass sie sich von einer inneren Stimme ärgern ließ und schob sie beiseite.

Der Arbeitstag verlief, wie viele vor ihm auch. In einem Zustand von Automatismus und Frustration brachte sie die Arbeit, die ihr zugeteilt war über die Bühne. Freude kam dabei nicht auf, aber sie empfand es als angenehm, zu wissen, was sie zu tun hatte, nicht allzu viel darüber nachdenken zu müssen und von keinerlei unangenehmen Überraschungen unterbrochen zu werden.

Die einzige Unterbrechung, die sie sich gönnte, war eine ausgedehnte Mittagspause, in der sie schnell in der Kantine ein Tagesgericht hinunterschlang und dann die restlichen zehn bis fünfzehn Minuten durch den Park spazierte. Dass es immer noch nieselte, war ihr nicht nur egal, sondern sogar recht. Umso weniger Leute liefen draußen rum. Sie wollte ausspannen, zur Ruhe kommen und vor allem durchatmen. An ihrem Arbeitsplatz war es entweder zu kalt (wenn die Klimaanlage lief) oder zu warm (wenn die Heizung eingeschaltet war). Bis vor einigen Wochen hatte sie noch gemeinsam mit ihren Kolleginnen die Pause verbracht, bis sie eines Tages in einem Anfall von Ehrlichkeit bemerkt hatte, dass sie die Gespräche entweder langweilten oder ärgerten. Also ging sie ab diesem Zeitpunkt alleine essen und konnte so auch ungestört durch die Parkanlage spazieren.

Der Rest des Tages war Routine. Am Weg nach Hause fiel ihr noch einmal das Gespräch der beiden Frauen von der früh ein, aber jetzt war es zu spät, sich zu überlegen, ob sie sie nicht doch hätte fragen sollen, um was für eine Stelle es sich da handelte. Egal, wäre eh nichts geworden, waren ihre letzten Gedanken, bevor sie für die Dauer ihrer Heimfahrt einschlief.

Zuhause angekommen räumte sie noch ein wenig zusammen und setzte sich dann mit einem Buch in ihren Lesesessel. Darauf hatte sie sich schon den ganzen Tag gefreut. Aber sie kam einfach nicht in ihren üblichen Lesefluss. Sie bemerkte, dass sie immer wieder mal da saß und einfach nur auf die Zeilen starrte. Dann kam sie wieder zu sich und musste zurückblättern, um den Punkt zu finden, an dem sie noch wusste, um was es ging. Auch das Telefon riss sie einmal aus der Konzentration. Zweifelnd blickte sie auf das Display, auf dem eine ihr unbekannte Handynummer erschien. „Naja, vielleicht hat ja jemand, den ich kenne, den Anbieter gewechselt", dachte sie bemüht fröhlich, „und will mir jetzt die neue Nummer mitteilen." Sie hob ab und bereute es sofort, als sie den typischen Singsang der völlig belanglosen Einleitungsfloskeln hörte, den Call-Center Mitarbeiter gezwungen wurden, jeden Tag hunderte Male ins Telefon zu leiern. Sie presste die Augen zusammen. Leider schaffte sie es nie, einfach nur „nein, danke" zu sagen und wieder aufzulegen. Auch dieses Mal passierte es ihr, dass sie knapp zehn Minuten später wütend auf sich selbst auflegte. Sie hatte sich eine Pfannenkombination aufschwatzen lassen und war mal wieder um fast 80 Euro ärmer. Hasserfüllt starrte sie das Telefon an, aber das konnte auch nichts dafür. Dann hob sie den Kopf. Hatte es nicht während ihres Telefonats auch an der Tür geklingelt? Sie blickte aus dem Fenster, konnte aber niemanden entdecken. Doch da drüben bei den Nachbarn verließ gerade ein Mann das Grundstück, der sehr nach Vertreter aussah. Zumindest hielt er einen überdimensionierten Koffer in der Hand. Sie hoffte nur, dass er sie nicht gehört hatte, sonst würde er noch mal wiederkommen. Und für heute hatte sie sich schon genug aufschwatzen lassen.

Sie setzte sich wieder hin und versuchte angestrengt weiterzulesen, kam aber einfach nicht weiter. Immer wieder blätterte sie zurück. Nein, so ging das nicht. Was war denn nur los mit ihr. Eine Unruhe, die sie sonst nicht von sich kannte, vermieste ihr den Leseabend, auf den sie sich so gefreut hatte.

Seufzend legte sie das Buch beiseite und schaute aus dem Fenster. Der Regen hatte aufgehört, die Dämmerung kündigte sich aber schon an. Vielleicht sollte sie ja noch raus gehen. Eine Runde Spazieren und dann nach einer heißen Dusche weiterlesen. Aber sie konnte sich nicht so recht entschließen. So saß sie da und schaute auf die Straße. Erst nach einer halben Stunde, mittlerweile war es schon sehr dämmrig, als sie einen Nachbarn mit

Laufkleidung die Straße entlang joggen sah, bemerkte sie, dass sie immer noch regungslos am Fenster saß. Jetzt war es allerdings zu spät, beschloss sie, ging in die Küche und richtete sich ein Nudelgericht her, das sie anschließend vor dem Fernseher verspeiste. Eineinhalb Krimis und drei Schokoriegel später, war sie müde genug, um schlafen zu gehen.

Der nächste Tag begann zwar nicht mit einem Krampf, aber davon abgesehen, beinahe identisch wie der Vorherige. Sie saß in der Küche und spürte, dass ihr Rücken zog und ziepte. Vor einigen Wochen hatte das begonnen und damals hatte sie sich vorgenommen, morgens regelmäßig ein paar Yoga- oder Turnübungen zu machen. Zweimal hatte sie es geschafft, dann war sie wieder davon abgekommen. „Ich sollte wirklich konsequenter werden, was diese Dinge betrifft", dachte sie sich, während sie ihren Rücken vorsichtig krümmte und wieder aufrichtete. Dann versuchte sie mit geradem Rücken nach links und rechts zu dehnen. Autsch – da ging ja gar nichts mehr. Seit wann war sie denn so steif geworden? So ging das nicht weiter. Sie schrieb sich eine Erinnerung in ihren elektronischen Kalender – Rücken-Fit Kurs buchen. Das würde sie heute Nachmittag noch tun.

Ein Blick auf die Uhr ließ sie aufspringen und hinaus hasten – schon wieder so spät! Den Zug erreichte sie gerade noch und als sie schnaufend auf ihren Sitz gesunken war, fiel ihr die Frau wieder ein, die gestern neben ihr gesessen war. Wo war die gleich noch mal zugestiegen? Sie konnte sich nicht mehr genau erinnern, beschloss aber, die Augen offen zu halten, um sie vielleicht doch heute zu fragen, welche Stelle das war, die sie aufgab. Ob sie sich das trauen würde? Ja warum denn nicht, meinte der siegessichere Teil in ihr – Ja warum denn schon? antwortete der Kritische. Das wäre ja mal ganz was Neues, dass du was tust und nicht immer nur alles beim alten belässt und dir hinten nach überlegst, was du hättest tun sollen. Oder was du schon lange tun wolltest.

Ja, ja, versuchte sie ihren inneren Kritiker zu beruhigen. Schon gut, ich habe ja heute Morgen selbst gemerkt, dass ich nicht so konsequent bin, wie ich es sein könnte, aber hey, nobody is perfect!

Dann lehnte sie den Kopf zurück und betrachtete mit halb geschlossenen Augen die vorbeiziehende Landschaft.

Tagsüber bemerkte sie, wie frustriert sie schon wieder war. Es gab in der Arbeit mal wieder Kompetenzrangeleien und damit konnte sie noch nie gut umgehen. Sie war die perfekte Arbeitsdrohne. wenn man ihr ein Aufgabengebiet übertrug, kümmerte sie sich darum. Zuverlässig und auf Dauer. Was sie gar nicht mochte, waren Veränderungen, die Spontaneität oder Flexibilität von ihr verlangten. Davon hatte sie einfach zu wenig, um locker mit diesen Situationen umgehen zu können. Grundsätzlich wusste sie das auch, hatte es aber noch versucht zu ändern. Vielleicht war das auch mit ein Grund, dass sie sich so scheute, etwas zu unternehmen, um endlich eine neue Arbeit zu finden? Aber wenn sie an die Streitereien des heutigen Tages dachte, musste sie sich eingestehen, dass ihr die noch viel mehr zuwider waren, als eine von ihr geplante Veränderung. Also saß sie, nachdem sie alles Wichtige für den Tag erledigt hatte noch an einem Schreibtisch, holte sich einen DinA4 Block und begann eine ToDo Liste zu schreiben.

neuen Job suchen
Wirbelsäulentraining täglich

regelmäßig an die frische Luft (abwechselnd spazieren, Radfahren und joggen) mindestens 5x/Woche
Blindbewerbungen schreiben und losschicken
gesünder essen

Dann saß sie da, schaute auf die Liste und wusste im gleichen Moment, dass sie es nie schaffen würde, all diese Punkte umzusetzen. „Vielleicht sollte ich so viele Listen schreiben, sondern einfach mit einem Punkt anfangen", dachte sie bei sich. „Aber mit welchem?"

Sie versuchte die einzelnen Punkte nach ihrer Wertigkeit zu ordnen. Mal gab sie dem Einen den Vorrang, mal dem Anderen. So richtig zufrieden war sie aber nie damit. Was hatte sie von einem beweglichen Rücken, wenn sie immer noch in ihrer alten Arbeit feststeckte? Was von gesunder Ernährung, wenn ihr der Rücken weh tat?

Sie schüttelte den Kopf. Bei einem Blick auf die Uhr schreckte sie auf – beinahe hätte sie die Zeit übersehen. Sie musste los, den Zug erwischen. Sie hatte sich ja für heute noch etwas vorgenommen. „Nur was genau", frage eine hämische innere Stimme? Listen schrieben ist ja toll, aber wohin wird die denn in den nächsten beiden Wochen verschwinden?"

Resigniert hob sie die Schultern und ließ sie wieder fallen. Irgendwie hatte sie ja Recht. So gut kannte sie sich mittlerweile auch schon. Trotzig nahm sie die Liste im Zug noch mal zur Hand und schrieb als letzten Punkt:

Konsequenter sein

Zuhause legte sie den Zettel gut sichtbar auf ihren Esstisch. Da würde er liegen bleiben, bis sie einen der Punkte abhaken konnte. Obwohl - wann sollte sie das tun? Es war ja nicht damit getan, nur ein- oder zweimal etwas auf dieser Liste zu erledigen – dabei handelte es sich ja zum größten Teil um langfristige Veränderungen.

Ach was, dachte sie, wenn ich erst mal angefangen habe, geht der Rest sicher wie von selbst. Wie sonst würden es denn die Anderen schaffen, sich zu verändern?

Die nächsten Tage und Wochen vergingen, der Zettel blieb liegen. Mal wurde er ein Stück nach rechts, dann wieder nach links geschoben. Allerdings fiel er Elisabeth von Tag zu Tag weniger auf. Manchmal hielt sie noch kurz inne, schaute auf die Liste und dachte sich: „Ach ja, wenn ich mal Zeit habe, sollte ich mich wirklich wieder damit beschäftigen", und machte damit weiter, was sie an diese Stelle gebracht hatte. Dann eines Tages, sie war gerade wieder so richtig missmutig von der Arbeit heimgekommen war, wollte sie ihre Aggressionen in Putzenergie umwandeln und fing an zu putzen. Dabei wischte sie den Zettel vom Esstisch erst mal auf den gerade frisch aufgewischten Boden, was ihm nicht sehr gut tat. Als sie ihn aufheben wollte, zerriss das nasse Papier und mit angewidertem Gesicht ließ sie die Fetzen in den Papierkorb fallen. Kurz überlegte sie, was darauf gestanden hatte. Sie hatte sich mal so eine Liste geschrieben, um etwas in ihrem Leben zu verändern. Genau, das war es gewesen, aber sie konnte sich nicht mehr richtig erinnern, was sie damals geschrieben hatte. Sie blickte in den Müll und zog dann mit spitzen Fingern das zusammengeknüllte Papier heraus. Sie entfaltete es so gut wie möglich und starrte auf die verlaufenen Buchstaben. Was hatte sie sich damals dabei gedacht?

xxxxxx Job xxxhen

xxxxxxxxxxxx xxxxx

xx xx

gesünder

konnte sie noch lesen. Ja, ein neuer Job wäre sicher nicht schlecht. Aber woher nehmen? Es war ja nie irgendetwas ausgeschrieben, was hier in der Nähe war und sie interessierte. Und der letzte Punkt erst gesünder leben hatte das wohl geheißen. Oder gesünder essen. Sie aß, was im Kühlschrank war und fertig. Das war eben nicht immer so ganz gesund, aber so schlimm nun auch wieder nicht. Naja. Manchmal schon. Aber dann bräuchte sie einen eigenen Punkt, der hieße: gesünder einkaufen. Denn wenn sie mal etwas gekauft hatte, konnte sie es ja nicht einfach verderben lassen, nur weil es nicht probiotisch oder makro- irgendwas war. Beim Einkaufen war sie einfach nicht so konzentriert, dass sie da so ganz genau darauf achten würde, was sie in die Hand nahm und in den Einkaufskorb legte. Da fiel ihr dann auch einfach nicht immer das passende ein, was sie kaufen könnte. So einfach war das mit dem gesunden essen ja auch wieder nicht. Auf was man da alles achten musste. Am besten man engagierte sich einen Ernährungsberater und nahm den zum Einkaufen mit. Und dann zum Kochen, damit die Portionsgröße stimmte. Und wer konnte sich so etwas leisten? Sie verdiente zwar nicht schlecht, was auch der Grund war, warum sie noch immer an ihrer ungeliebten Stelle festhielt, aber so eine Beratung war sicher nicht zu bezahlen. Sie seufzte und versuchte sich aufzurichten. Aaaarghh – ihr Rücken tat ihr auch immer öfter weh. Da half auch keine gesunde Ernährung dagegen. Oder doch? Wenn sie nun ein paar Kilos abnehmen würde. 85 Kilogramm waren zwar nicht übermäßig viel, aber auf ihre Körpergröße von 169 Zentimetern dann eben doch wieder schon. Sie schüttelte den Kopf. Es hatte keinen Sinn, sich darüber Gedanken zu machen. Sie hatte es doch noch nie geschafft, eine Diät über einen längeren Zeitraum hinweg einzuhalten. Und selbst wenn... sie kannte sich genau. Danach würde sie mit Schwung wieder in die alten Ernährungsgewohnheiten zurückfallen und sogar noch mehr als zuvor essen, weil sie ja so lange von ihren Lieblingsgerichten ferngehalten wurde. So empfand sie es zumindest. Dann wären die paar verlorenen Kilos schneller wieder oben, als sie eine neue Liste schreiben würde.

Vorsichtig bewegte sie ihren Oberkörper nach links und rechts. Das Ziehen im Rücken wurde stärker. Sie sollte wirklich etwas gegen ihren verspannten Rücken tun. Ein neuer Job wäre nicht schlecht. „Ach Mist, jetzt fange ich schon an, mich im Kreis zu drehen. Beim neuen Job fing es an, beim Essen ging es weiter und jetzt hänge ich mit Rückenschmerzen mitten im Putzen fest." Sie ging in die Küche und holte sich ein Wurstbrot. Kauend betrachtete sie ihre halb geputzte Wohnung. Wieso nur, war sie ständig so unzufrieden und unglücklich?

Sie sollte wirklich wieder damit anfangen, sich regelmäßig zu bewegen. Das hatte sie schon mal für fast eineinhalb Jahre getan, als sie unter starken Stimmungsschwankungen gelitten hatte und sie war damals überrascht gewesen, welchen starken positiven Einfluss das regelmäßige Spazierengehen damals auf sie gehabt hatte. Moment. War das nicht auch auf ihrer Liste gestanden? Wann hatte sie die eigentlich geschrieben? So genau konnte sie sich daran nicht mehr erinnern, aber sie wusste noch, dass sie sehr unzufrieden mit sich gewesen war.

„Soll ich denn jedes Mal eine neue Liste schreiben, wenn's mir schlecht geht?" dachte sie sich.

„Du könntest ja mal damit beginnen den einen oder anderen Punkt von deinen Listen in Angriff zu nehmen und sie nicht nur als Staubfänger hier rumliegen lassen", kam es als Antwort von ihrer hämischen inneren Stimme zurück.

„Ja aber wann denn? Das sind ja keine Sachen, die sich von heute auf morgen ändern lassen", dachte sie jetzt trotzig.

„Aber ohne anzufangen, wirst du nie wissen, wie viel Zeit es dich kostet!"

Darauf fiel ihr jetzt auch keine Antwort mehr ein. Irgendwie war sie verunsichert, weil sie immer wieder von dieser hämischen inneren Stimme so aufgemischt wurde. Das war doch auch ein Teil von ihr. Wieso war die denn immer so ätzend? Sie hatte ihr doch nichts getan. Also tat sie, was sie immer in solchen Situationen tat, wenn sie unsicher war – sie tat nichts. Aussitzen war ihre liebste und favorisierte Strategie, mit Unsicherheiten oder Konfliktsituationen umzugehen. Nicht, dass sie immer zufrieden war „Nichts zu tun", es passierte ihr einfach. Es war, als schalte sie auf Autopilot um und war dann in solchen Situationen wie gelähmt. Früher hatte sie immer geglaubt, dass sie damit in Konflikten immer den Kürzeren ziehen würde, aber das stimmte gar nicht. Es gab Menschen, die verwirrte ihre Inaktivität so sehr, dass sie einlenkten oder sie einfach gewähren ließen.

Aber jetzt – es ging doch nur um sie. Warum verharrte sie immer wieder untätig, anstatt endlich damit zu beginnen, ihr Leben in den Griff zu kriegen?

„Ist einfacher" war die Antwort der hämischen Stimme. „Du glaubst, so entkommst du dem möglichen Versagen, denn davor hast du Angst!

Sie schluckte. Da war schon etwas dran. Sie ging einfach lieber auf Nummer sicher. Etwas Neues nahm sie erst dann in Angriff, wenn sie alle Eventualitäten und Möglichkeiten betrachtet und gegeneinander abgewägt hatte. Aber das war doch nichts Schlimmes, sie war eben besonnen.

„Nicht besonnen, sondern feige!"

„Ruhe jetzt", schalt sie sich. „Ich lass' mich von dir doch nicht aus der Ruhe bringen. Wenn du nicht bald still bist, gehe ich schlafen, dann hör' ich dich nicht mehr. Und überhaupt: findest du es besser sich ständig Hals über Kopf in Situationen zu bringen, aus denen man dann nicht mehr rauskommt? Die vielleicht lebensgefährlich sind, oder mich einen Haufen Geld kosten? Es hat noch nie geschadet, eine Entscheidung gut überlegt zu treffen und auch ruhig noch ein paar Mal darüber zu schlafen"

„Du tust ja gerade so, als solltest du im Amazonas ausgesetzt werden oder dein ganzes Vermögen in ein schwindliges Projekt investieren. Dabei geht es doch nur darum ein paar kleine Veränderungen in deinem Leben anzugehen, die dir ein viel schöneres und angenehmeres Leben bescheren könnten. Aber du bist ja zu feige. Dabei vergisst du nur eines... Wenn du es nicht versuchst, hast du schon mal ganz sicher verloren. Nämlich die Möglichkeit es schaffen zu können".

„Was diskutiere ich da eigentlich mit mir selbst? Wenn mich jemand sehen könnte, käme ich ja in die Klapsmühle."

Elisabeth stand auf und beschloss, sich zu beschäftigen, damit sie dieser hämischen Stimme nicht mehr zuhören musste. Sie schaltete das Radio ein, suchte sich einen Sender, in dem Musik mit gesprochenen Beiträgen abwechselte und drehte die Lautstärke etwas über ihre Wohlfühlwahrnehmung. Dann begann sie im Internet auf den verschiedenen Bekleidungshomepages nach Neuigkeiten für den nächsten Herbst/Winter zu suchen. Einkaufen war immer eine gute Möglichkeit sich abzulenken.

Aber selbst die laute Musik und die sicher sehr interessanten Angebote schafften es nicht, ihr Zwicken und Ziehen im Rücken zu überdecken.

„So ein Mist"; dachte sie sauer, „jetzt krieg ich meinen Kopf endlich still, dann fängt mein Körper an zu motzen. Ist denn hier niemals Ruhe?"

Scheinbar nicht – also öffnete sie noch ein weiteres Fenster an ihrem Laptop und begann nach Wirbelsäulentraining und Rücken-Fit Kursen in ihrer Umgebung zu suchen.

Wow, was für ein Angebot es da gab! Die Masse an Links ließ sie ihren leichten Unmut vergessen. Kurzzeitig war sie sogar froh, sich nun auf etwas anderes konzentrieren zu können. Irgendwie war es schon ein gutes Gefühl, etwas für sich zu tun. Also im Prinzip war einkaufen ja auch etwas, was sie für sich tat, aber das hier war etwas anderes. Etwas Heldenhafteres. Fand sie.

Also hier: „Steinel-Training – alles für die Wirbelsäule". Das klang schon mal nicht schlecht. Da stand, dass die Hauptursache für Rückenbeschwerden meist eine schwache Rückenmuskulatur sei, die es zu stärken galt. Sogar eine Privatordination eines Arztes war da angeschlossen. Wenn, dann würde sie natürlich zum Spezialisten gehen. Aber erst noch die anderen Angebote angeschaut. Was war denn das: Fit mach mit – Wirbelsäulentraining für Senioren", nein, definitiv nicht. Sie ging zwar manchmal krumm, wie eine Achtzigjährige, besonders, wenn sie am Abend nach einem üppigen Essen mal wieder auf der Couch vor dem Fernseher eingeschlafen war, aber ins Seniorenturnen ging sie sicher nicht. Also weiter. Die Volkshochschule bot Kurse sogar ganz bei ihr in der Nähe an. Aber die gingen erst in sechs Wochen wieder los. Das war zu spät. Wenn sie sich schon mal entschloss, etwas Gutes für sich zu tun, würde sie das gleich machen. Sie scrollte weiter, klickte hierhin und dorthin. Da gab es Personal Trainer, die sogar ins Haus kamen, Wochenendseminare in angenehmer Umgebung, das wäre vielleicht auch nicht schlecht, dann hätte sie einen Wochenendurlaub und müsste nicht regelmäßig wohin gehen. Sozusagen mit einem Aufwischen alles erledigt.

Ach bei dieser Menge an Angeboten, wusste sie mal wieder nicht, wofür sie sich entschließen sollte. Na toll. Sie blickte auf die Uhr. Unbewusst. Was sollte das? Wollte sie sich beweisen, dass es sowieso schon zu spät war, um sich heute noch zu entscheiden, nix da. Sie würde heute noch Nägel mit Köpfen machen. Sonst würde sie ja nie zu ihrem neuen Leben kommen.

Also: Erst mal eine Liste schreiben, mit den verschiedenen Möglichkeiten. Dann mit geschlossenen Augen und einem Bleistift in der Hand einfach irgendwo hin tippen und sehen, was es wird. Obwohl – was hatte sie denn wirklich im Moment zur Auswahl? Das Steinel Training, das sah schon teuer aus, den Personal Trainer oder die Anmeldung zu einem Wochenendseminar. Das war auch nicht billig, wie sie jetzt beim Weiterklicken feststellen konnte. Also doch erst in sechs Wochen zur Volkshochschule? Und bis dahin krumm, wie eine Banane gehen? Moment! Ihr fiel ein, dass sie vor kurzem eine Informationsbroschüre von einem neu eröffneten Fitness-Center im Postkasten gehabt hatte. Das wäre ja am einfachsten. Tägliche Öffnungszeiten und zusätzlich die Möglichkeit einen speziellen Kurs zu besuchen. Wo hatte sie den Zettel denn nur hin getan? Sicher ins Altpapier. Sie schaute zu dem Karton, in ihrer Küche und verdrehte die Augen. Wenn der Info-Folder die normale Größe dieser Dinger hatte, würde sie lange suchen. Da lag nämlich das Altpapier der letzten drei Monate drinnen. Vielleicht fand sie aber auch eine Information dazu im Internet, oder, was die sportlichste Variante wäre, sie machte einen Abendspaziergang dorthin. Ungefähr wusste sie ja, wo es lag. Obwohl – sollte sie wirklich da einfach so aufkreuzen? Vielleicht waren um diese Uhrzeit ja alle schwer beschäftigt. Und war das nicht auch unhöflich, so ganz ohne Vorankündigung? Sie schaute zum Fenster hinaus. Der Himmel war verhangen, aber nicht bedrohlich dunkel. Es hatte auch noch nicht begonnen zu dämmern. So ein Mist, das wären beides gute Ausreden gewesen, um nicht hinzugehen.

„Na dann geh ich halt" sagte sie zu sich selbst und erwartete innerlich schon, dass sich so etwas wie Jubel- oder Aufbruchstimmung auftut. Aber nichts. Nur bleierne Müdigkeit.

"Dich werde ich schon auch noch verjagen", dachte sie grimmig, stand auf, wischte die Brotkrümel vom Pullover, schnappte sich eine Jacke und schlüpfte in die Schuhe. Ein Blick auf ihren Rucksack ließ sie kurz innehalten. Vielleicht sollte sie gleich Geld für eine Anzahlung mitnehmen, um gar nicht erst in Versuchung zu kommen, einen Rückzieher zu machen? Aber so weit ist war doch noch gar nicht. Erst mal die Kosten und das Angebot prüfen und dann entscheiden. Außerdem unterschrieb sie doch nie etwas, ohne vorher noch einmal drüber geschlafen zu haben. Erst als sie die Straße vor ihrem Haus überquerte, kam so etwas wie leichte Freude in ihr auf. Sie glaubte allerdings zu wissen, dass die nichts mit ihrem Plan zu tun hatte, sondern schlicht und ergreifend auf der Tatsache basierte, dass sie es geschafft hatte, nach Feierabend noch einmal das Haus zu verlassen. Und das auf ihren eigenen Beinen! Ohne das Ziel

Bäckerei oder Supermarkt, um noch Süßigkeiten einzukaufen! Sie fühlte sich gleich besser.

„Seltsam", dachte sie jetzt, „wenn schon solche Kleinigkeiten gut tun, warum tu ich sie dann nicht öfter?"

Sie ging direkt auf die Straße zu, in der sich das Fitness-Center befand. Sie war sich ganz sicher, dass sie richtig war. Das Hinweisschild an der Hauptstraße war ja auch da gewesen. Aber wo genau sollte es nun wirklich sein? Sie blickte sich um. Da war links eine Fabrik, rechts ein Schuppen und weiter vorne, sah sie nur ein paar vereinzelte Einfamilienhäuser stehen. Ratlos drehte sie sich einmal um sich selbst. So ein Mist! Hätte sie doch nur angerufen, um sich zu erkundigen. Dann hätte sie auch nach dem Weg fragen können. Aber was, wenn man ihr dann auch nur diese Abzweigung gesagt hätte? Sie schnaubte. Ärgerlich schüttelte sie den Kopf, ging noch ca. zehn Schritte weiter, blieb wieder stehen und blickte zurück. Sie wollte schon wütend zurück nach Hause stapfen, als sie sah, dass aus einem der vermeintlichen Einfamilienhäuser lachend eine Gruppe Frauen in Fitnessbekleidung kam. Sie ging wieder los, versuchte möglichst unauffällig in ihre Richtung zu schauen und ging auf das Haus zu. Da war es auch deutlich und groß – das Schild, das ihr sagte, dass sie hier richtig war. Trotzdem spürte sie noch immer etwas Ärger in sich. Wie konnte man ein Fitness-Center denn nur in ein Einfamilienhaus packen? Da konnte sie ja wirklich nicht drauf kommen, dass es sich dort verstecken würde. Und ein paar Hinweisschilder mehr, wären auch nicht umsonst. Erst als sie beim Eingang stand und noch einmal über ihre Schulter zurückblickte, sah sie das große Schild mit Pfeil auf der anderen Straßenseite stehen. Hoppla, das war ihr zuerst völlig entgangen. Naja, konnte ja mal passieren.

Sie trat ein, immer noch in skeptischer Stimmung. Sollten das vielleicht Hinweise für sie sein, dass sie dieses Unterfangen nochmal überdenken sollte? Wenn es schon am Finden des richtigen Ortes scheiterte, wie würde es dann weitergehen? Waren diese Zeichen denn nicht eindeutig? Sie beschloss trotzdem, der Sache noch eine weitere Chance zu geben. Aber sie war vorsichtig geworden!

Sobald sie eingetreten war, strömte ihr der sonderbare Geruch entgegen. Das war keine schweißdurchtränkte Luft, das war ein angenehmer Duft, in den sich allerdings etwas scharfes, etwas leicht ätzend Riechendes mischte. Die Rezeption war leer. Sie blickte sich um. Nach dem Äußeren des Hauses, hätte sie hier herinnen kleine Räume, wie in einem Wohnhaus erwartet, aber nicht diese offenen weiten Säle. Rechts vor der Rezeption hing eine Tafel, auf der mit Pfeilen die Richtung zu den unterschiedlichen Bereichen angegeben war. Umkleiden nach rechts oben, Damen Abteilung links, Kursraum geradeaus, Ergometer ebenso. Sauna und Dampfbad nach unten.

So so, eine Sauna gab es hier also auch! Das war doch mal eine gute Nachricht. Sie müsste dann ja nicht jedes Mal hier trainieren, sondern konnte auch mal etwas ausspannen und schwitzen. Was sie hier tat, wäre ja egal. Der Gedanke machte ihr die Sache gleich schon ein wenig sympathischer. Sie schaute sich um, ob sie einen Folder oder etwas Ähnliches fand. Dazu ging sie ein paar Schritte nach links und blickte in Richtung des Kursraumes. Dort schien gerade ein kleiner Auflauf stattzufinden. Sie wollte sich gerade wieder umdrehen und gehen, als eine der dort heftig diskutierenden Personen, sie erblickte.

„Hallo, kleinen Moment, ich bin sofort bei Ihnen."

So ein Mist, jetzt konnte sie sich nicht mehr so schnell aus dem Staub machen.

Nicht mal fünf Minuten später stand der junge Mann, der sich als Leiter des Fitness-Centers vorstellte, den Namen konnte sie schlecht verstehen und vergaß ihn daher auch sofort wieder, bei ihr.

„Entschuldigen Sie, dass ich Sie habe warten lassen", eröffnete er das Gespräch, „wir hatten einen kleinen Unfall mit einem Putzmittelkonzentrat, das wir für unsere Geräte verwenden und das Zeug ist schlimmer, als eine Stinkbombe. Riecht man es noch stark, wenn man hier reinkommt? Ich kann es gar nicht mehr beurteilen, seit ich den ersten stechenden Geruch in die Nase bekommen habe."

„Ja, nein, ist nicht so schlimm. Aber ein bisschen seltsam riecht es hier schon noch" stotterte Elisabeth vor sich hin. „Ist aber nicht so schlimm"

„Na da bin ich ja froh – unsere letzte Pilatesstunde mussten wir allerdings abbrechen, die Gruppe wäre sonst wohl erstickt. Was kann ich für Sie tun, Sie sehen aus, als würden sie sich für eine Mitgliedschaft interessieren."

„Ja, ich wollte eigentlich nur mal sehen, ob Sie Informationsmaterial haben. Was es hier so gibt, was das kostet und so. Ich wohne ja im Ort und da bin ich gleich her spaziert, um mich mal umzusehen." Noch während sie diesen Satz sagte, hatte sie das Gefühl, dass sie sich hier in erster Linie selbst anlog, weil ihr sofort wieder einfiel, welche Überwindung es sie gekostet hatte, die zehn Minuten bis hierher zu gehen und nicht schon am Beginn der Straße wieder umzukehren.

„Kommen Sie mit, ich zeige Ihnen alles, keine Sorge, wir haben schon alle Fenster geöffnet, Sie bekommen von der Putzmittelflut nur mehr einen kleinen Hauch ab". Er ging vor ihr her. Sie wollte noch einwerfen, dass sie sich erst über die Kosten informieren und das Programm anschauen wollte, brachte aber kein Wort heraus und stakste hinter ihm her.

Zwanzig Minuten später hatte sie einen Vertrag für achtzehn Monate unterschrieben – das war ja viel günstiger, als der Jahresvertrag und kürzer gab es nur einen 10er Block, der allerdings, wenn sie nur zwei- bis dreimal die Woche herkäme, wie er ihr vorgebetet hatte, ja schon innerhalb eines Monats aufgebraucht war und zwölf Zehnerkarten kosteten eineinhalb mal so viel, wie ein Jahresvertrag. Die Zahlen, die er ihr um die Ohren geworfen hatte, schwirrten noch immer in ihrem Kopf herum.

Es sei schade, dass sie gerade heute gekommen sei, sonst hätte er ihr auf der Stelle ein paar Übungen für ihren Rücken gezeigt. Und zwar die, die sie am kommenden Dienstag sowieso im Kurs Allgemeine Kräftigungsgymnastik kennenlernen würde und solche, die sie jederzeit an den Geräten im Kursraum machen konnte, wenn sie einen für sie speziell zusammengestellten Zirkel machen würde und, und, und....

Elisabeth war schon vom Zuhören müde geworden, hatte es aber trotzdem nicht geschafft, die Vertragsunterzeichnung noch etwas hinauszuschieben oder gar mit einem Zehnerblock zu beginnen.

Zu Hause saß sie, noch immer mit Jacke bekleidet, dann am Esstisch und sah auf den Zettel in ihren Händen. Himmel, in was war sie denn da hineingeraten? Sie blickte auf die Summe am Vertrag. Hilfe! Woher sollte sie das Geld nehmen? Ach da stand es ja. Sie hatte

also monatliche Raten von – wie bitte? 69 Euro vereinbart???? Das waren in eineinhalb Jahren über zwölfhun-
dert Euro! Was hatte sie denn da geritten? Wäre sie doch
zu Hause vor dem Fernseher sitzen geblieben... das wäre
allemal noch günstiger gewesen. Sie nahm den Vertrag
und begrub ihn tief in einem Papierstapel, den sie ihre
Ablage nannte. Irgendwie war ihr die Lust auf Rücken-
training gerade vergangen.

Frustriert ging sie zu ihrem Kühlschrank, in dem
sich aber genau an diesem Tag nur Butter, Fruchtmolke,
ein Rest eines Käseecks und ein paar lasche Tomaten befanden. Ein Blick ins Gefrierfach sagte ihr, dass sie den
Kühlschrank mal dringend wieder abtauen sollte, konnte
sich aber erinnern, dass der Eisblock, der unförmig darin
lag, früher einmal ein Sack mit Cevapcici gewesen war.
Da mussten doch noch einige drinnen sein. Im Brotkorb
fand sie noch ein halbes Schwarzbrot, wenn sie das toas-
tete, hätte sie zumindest eine warme Mahlzeit.

Während sie das Öl in der Pfanne für die Fleisch-
nudeln erwärmte, fiel ihr noch eine Tube Senfmayon-
naise ein, die sie zuerst im Kühlschrank gar nicht wahrgenommen hatte. Umso besser – so bekam das Ganze
dann auch noch Geschmack und sah nicht allzu sehr nach
Diätmahlzeit aus. Das heiße Öl spritzte und zischte, als
sie die restlichen sieben Cevapcici in die Pfanne rollen
ließ. Nun war die Großpackung endlich leer, die hatte eh
nur ungebührend viel Platz im Gefrierfach eingenom-
men.

Eine halbe Stunde später saß oder besser gesagt,
lag sie halb in ihrem Lieblingsfernsehsessel, neben sich
den Teller, der vor Öl glänzte. Sie fühlte sich, wie eine
gestopfte Gans und atmete flach, als ob sie befürchtete,
ein zu tiefer Atemzug, könnte zu viel Platz in Anspruch
nehmen und das eben Gegessene wieder verdrängen.

Allerdings spürte sie jetzt die Frustration des Tages noch deutlicher. Was war sie nur für eine Flasche. Unglücklich, unzufrieden, unfähig sich nach einem Kurs zu erkundigen ohne im gleichen Atemzug tausende von Euros auszugeben und dann noch ein Frustessen, das sich gewaschen hatte. Ihr war schlecht. Na toll.

In der darauffolgenden Woche schaffte sie es trotz eingetragener Termine im Kalender kein einziges Mal ins Fitness-Center. Eigentlich hatte sie ja ausgemacht, am Dienstag zu dem ihr empfohlenen Kurs zu kommen und dann eine Trainerstunde – die im Preis inbegriffen war – zu vereinbaren, in der ihr Fitnesszustand (der war gleich Null, das wusste sie auch so) festgestellt und darauf basierend ein Trainingsprogramm für die ersten Wochen zusammengestellt werden sollte. „Ging sich halt einfach nicht aus", dachte sie am Wochenende, als sie in ihren Kalender blickte. Manchmal gibt es halt auch Wichtigeres, als rum zu turnen. Allerdings kam genau in dieser Nacht das lästige Ziehen in ihrem Rücken zurück und zwar in einer solchen Intensität, dass sie nicht mehr schlafen konnte.

Während sie sich im Bett hin und her wälzte, überdachte sie diesen Gedanken noch einmal. Was hatte sie denn von ihrem Leben, wenn alles wehtat? Womit war sie denn wirklich so beschäftigt gewesen, dass sie am Dienstag nicht zum Kurs gehen konnte? Warum sollte sie denn das Fitness-Center nicht nutzen, wenn sie nun schon so viel Geld dafür ausgegeben hatte? Wenn sie ganz ganz ehrlich zu sich selbst war, was sie überhaupt nicht mochte, musste sie zugeben, dass sie alle möglichen Ausflüchte gesucht und gefunden hatte, um keine Zeit haben zu müssen. Wovor hatte sie denn Angst? Den Vertrag hatte sie ja schließlich schon unterschreiben, das konnte ihr kein zweites Mal passieren. Zumindest nicht, in den nächsten achtzehn Monaten.

Die guten Vorsätze, die sie sich in dieser Nacht machte, hätten wohl ein ganzes Buch gefüllt. Irgendwann war ihr auch klar, dass es nicht viel half, hier im Dunkeln zu liegen und große Pläne zu schmieden, die sie am nächsten Tag sowieso wieder verwerfen würde, weil sie viel zu extrem waren. Wie stand es immer so schön in den Ratgeberbüchern, die sie sich in gewisser Regelmäßigkeit aus der Stadtbücherei holte: Besser, viele kleine Schritte, als gar kein großer! Ja, ja. Die hatten ja leicht schreiben. Saßen zuhause in ihren bequemen Hightech-schreibtischsesseln und hatten nichts zu tun, als ein paar kluge Sprüche in die Tastatur zu klopfen. Da ließ sich leicht reden.

Am nächsten Tag holte sie der Alltag wieder ein, Einkäufe erledigen, Hausputz und so weiter. Weil sie vergessen hatte, dass am Nachmittag noch ihre Freundin auf einen Kaffeeklatsch vorbeikommen würde, musste sie noch ein zweites Mal in den Ort, um aus der Bäckerei ein paar Stücke Kuchen zu holen. Sie stand schon mit dem Autoschlüssel in der Hand vor der Garage, als sie plötzlich dachte – und was, wenn ich zu Fuß gehe? So viel länger würde sie auch nicht brauchen. Sie schaute auf die Uhr – ja, das ging sich noch aus. Sie schob den Autoschlüssel in die Hosentasche – verflixt, war die schon wieder eng geworden und machte sich auf den Weg. Kaum war sie an der Hauptstraße, fluchte sie, weil ihre Schuhe drückten. Besonders der Rechte, vorne am Ballen. War das unangenehm. Sie hatte natürlich ihre Alltagsschuhe angezogen, weil sie nicht vorgehabt hatte, zu Fuß zu gehen. Aber für die paar Schritte, würde es wohl noch reichen. Sie ging tapfer weiter und betrat die Bäckerei. Und wer stand da vor ihr und ließ sich gerade ein höchstgradig gesund aussehendes Vollkornbrot einpacken? Der Fitnesscentertyp. Na Bravo. Gut, dass er vor ihr stand und nicht mitbekam, dass sie hier kiloweise Kuchen kaufen würde. Obwohl – was ging ihn das an? Schließlich verdiente er ja mit ihr sein Geld und wie sie lebte, konnte ihm doch egal sein. Wenn ich keinen Kuchen essen würde, hätte ich bei dir ja gar nicht unterschrieben, dann wäre ich nämlich rank und schlank und bräuchte das ganze Geturne gar nicht, dachte sie grimmig. In dem Moment drehte er sich um, grüßte gedankenverloren in ihre Richtung und verließ die Bäckerei. Puh, das war noch mal gut gegangen. Wie sollte das denn bitte weitergehen, wenn sie nun bei jedem Einkauf hier im Ort Angst haben musste, von ihrem Trainer gesehen zu werden? Das musste sie sich gleich wieder abgewöhnen. So ging das ja wirklich nicht.

„Oder du überwindest dich endlich und gehst trainieren, wie du es vorgehabt hattest", flötete die fiese kleine Stimme in ihrem Kopf.

„Sei still, das weiß ich selbst, dass ich das tun könnte."

„Warum tust du es dann nicht? Es sind schon acht Tage, die du bezahlst, ohne etwas getan zu haben."

„ich hatte keine..." Zeit, wollte sie denken, aber bevor sie so weit war, wusste sie, dass das nicht stimmte.

„Hallo!" die Verkäuferin blickte sie fragend an. „Wissen Sie schon, was Sie wollen?" Hoppla, so in Gedanken hatte sie wohl vergessen, weswegen sie hergekommen war. Sie wählte ein paar Kuchenstücke aus und verließ damit und mit ihren schmerzenden Füssen die Bäckerei. Wieder blickte sie auf die Uhr. Mist, es war noch zu früh, als dass Agnes ums Eck fahren und sie mit zu sich nehmen würde. Da hatte sie sich wohl in der Gehzeit verschätzt. Gut, dann würde sie eben auch wieder zurückhumpeln. Was die Leute nur am Spazierengehen so toll fanden?

Schon nach ein paar Metern, rief eine Bekannte von der anderen Seite der Straße zu ihr. „Elisabeth, hallo!" Sie überquerte sie und plauderte ein paar Sätze mit ihr. „Das ist ja ganz ein seltener Anblick, dass man dich mal durch den Ort spazieren sieht!" sagte sie.

„Ja, ich hatte heute gut Zeit und es tut ja auch mal gut, ein paar Schritte zu gehen", antwortete Elisabeth und fühlte sich sehr vernünftig dabei. „Allerdings habe ich wohl die unbequemsten Schuhe dazu ausgesucht", fügte sie etwas kleinlaut hinzu.

„Dann kauf dir doch mal bequeme Straßenschuhe, in denen du auch mal einen kleinen Spaziergang machen kannst, ohne dir die Füße wundzulaufen!"

Elisabeth blickte ihr automatisch auf die Schuhe. Und wirklich Grete trug sehr bequem aussehende Straßenschuhe, die irgendwie ein bisschen an schönere Trainingsschuhe erinnerten. Obwohl – so richtig elegant sahen die nicht aus.

„Im Moment sind auch die Sportschuhe gerade im Angebot", fuhr Grete jetzt fort, ging einen Schritt zur Seite, um Elisabeth den Blick auf die Auslage des Schuhgeschäfts freizugeben, vor dem sie scheinbar gerade gestanden hatte.

Sportschuhe... hatte der Typ im Fitnesscenter nicht etwas von Hallenschuhen gesagt? Sie hatte das ganz verdrängt, weil sie von der Summe des Mitgliedsbeitrags so schockiert gewesen war. So ein Mist. Jetzt musste sie auch noch Schuhe kaufen. Bei dem Gedanken allerdings prustete sie los. Schuhe kaufen war nach Essen doch ihr liebstes Hobby! Na das ging ja toll los. Wenn ihr der

Sport jetzt auch noch die Lust am Schuhe kaufen verderben würde, hätte sie ja das Geld fürs Fitnesscenter bald wieder eingespart. Grete schaute sie ein wenig verunsichert an. „Was ist denn los, hab ich was Falsches gesagt?"

„Nein, nein, alles klar. Ich habe im Moment gerade ein bisschen viel um die Ohren, da geht mir dann schon mal ein nicht ganz passender Gedanke durch den Kopf."

„Na dann ist ja gut. Du ich muss weiter, ich bin am Weg zum Bahnhof, weil ich noch einen Ausflug auf den Buchberg machen will. Bis bald mal". Und schon war sie mit großen energischen Schritten weitergegangen.

Einen Ausflug zum Buchberg? Mit dem Zug? Wie wollte sie denn das anstellen. Sie konnte doch wohl nicht von Seekirchen aus zu Fuß gehen. Oder konnte sie? Wie weit das wohl war. Das erklärte dann auch ihre Schuhwahl. Obwohl – elegant war etwas anderes, aber das war Grete immer schon egal gewesen. Noch einmal blickte sie in die Auslage des Schuhgeschäfts. Sie seufzte. Es würde ihr nichts anderes übrigbleiben. Für das Training brauchte sie Schuhe. Aber erst wollte sie zu Hause ihren Schrank im Keller genauer durchsuchen. Das wäre doch gelacht, wenn sich da nicht noch irgendwo ein Paar alte Sportschuhe verstecken würden.

In dem Moment, in dem sie wieder zurück auf die andere Straßenseite gehen wollte, fuhr Agnes bei ihr vorbei, sah sie, bremste ab und so konnte sie sich den Heimweg mit schmerzendem Ballen rechts und mittlerweile auch wunder Ferse links ersparen! Die Welt war wohl doch nicht nur schlecht und gemein!

Bei Kaffee und Kuchen sah die ganze Sache dann schon nicht mehr so dramatisch aus.

„Gut, du hast dich überreden lassen zu unterschreiben. Aber das ist doch jetzt wirklich kein Weltuntergang", meinte Agnes auf ihre Erzählung von ihrem Versuch, sich über Kurse zu informieren.

„Mach halt was draus. Du kannst einmal in der Woche einen Kurs gehen, einmal in die Sauna und wenn du ganz fleißig sein willst, gehst du noch ein drittes Mal hin und machst was mit diesen Geräten."

Hm. So wie sie das sagte, klang es gar nicht mehr soo schlimm. Sie war immer davon ausgegangen, dass sie mindestens vier oder fünfmal pro Woche dort sein musste, um ja viel für ihre Ausgaben zu haben.

„So ein Quatsch. Das überfordert dich doch nur und dann gehst du gar nicht. Wie du ja selbst auch siehst".

„Ach, wieso kannst du da nicht mit mir hingehen", murrte Elisabeth jetzt. „Zu zweit wäre das alles viel leichter"

„Das hab ich mir ganz kurz auch schon überlegt, aber mir ist die Strecke einfach zu weit. Du weißt ja, dass ich schon seit Jahren gleich bei mir ums Eck einen Kurs mache. Der läuft immer von Oktober bis Jänner und von Ende Februar bis Juni. Das reicht mir, weil ich sonst mit meinen Abendterminen gar nicht mehr zurechtkomme. Und im Sommer habe ich nun mal gerne ein bisschen Pause, damit ich auch mal Zeit habe, nach der Arbeit zum See zu gehen und dort meinen Feierabend zu feiern."

Elisabeth schluckte. Wenn Agnes so etwas sagte, klang es immer so einfach und einleuchtend. Und überhaupt schien sie wirklich immer genau das zu machen, was sie wollte.

„Hast du eigentlich überhaupt keinen inneren Schweinehund, der dich gelegentlich auf der Couch festhält, oder hast du den schon vor Jahren getötet und in deinem Vorgarten verscharrt?" fragte sie jetzt resigniert.

Agnes lachte. „Klar hab ich den, aber ich habe schon vor Jahren begonnen, ihn zu erziehen und jetzt ist das Zusammenleben ganz leicht. Und was er am meisten scheut ist Routine. An gewissen Tagen komme ich ja gar nicht auf die Idee darüber nachzudenken, ob ich jetzt vielleicht lieber zu Hause bleiben würde, weil das heimkommen, Turnsachen schnappen und wieder raus aus der Wohnung schon so automatisiert sind, dass das wie von selbst läuft.“

Elisabeth seufzte. Da wollte sie auch mal hinkommen. Naja, vielleicht sollte sie einfach mal damit anfangen.

Das Mantra ihres Lebens – Vielleicht sollte ich einfach mal damit anfangen! Der Kuchen, auf den sie sich eben noch so gefreut hatte, schmeckte plötzlich viel zu süß und zu pappig. Sie spülte ihn mit einem großen Schluck Kaffee hinunter. Bäh, der war bitter. Da saß sie nun mit verzogenem Gesicht und hatte das Gefühl gleich losheulen zu müssen.

„Schau nicht so verbiestert. Fang doch einfach mal mit einem Punkt an und erst wenn der gut läuft, überlegst du dir den nächsten.“

Guter Rat. Den hatte sie doch sicher auch schon mal in einem ihrer Ratgeberbücher gelesen.

„Und wir fangen jetzt gleich damit an, dass wir nicht mehr nur hier herumsitzen, so gemütlich das auch ist, sondern wir gehen ab heute jedes Mal eine Stunde gemeinsam spazieren. Los, auf mit dir!“

„Ach nein bitte nicht. Weißt du, ich habe mir gerade vorher, als ich im Ort war, eine ganz schmerzhafte Blase geholt. Schau mal hier und hier.“ Sie streckte ihre malträtierten Füße unter dem Tisch hinaus und zeigte sie Agnes.

„Ach das macht doch nichts. Hast du kein Blasenpflaster? Wenn nicht, ich habe sicher noch welche in meiner Tasche."

Uff. Die gab aber auch nicht auf.

„Aber dann komm ich noch weniger in die Schuhe rein und sie drücken noch mehr als vorher!"

„Dann ziehst du eben andere an. Du wirst ja wohl bequeme Spazierschuhe oder etwas in der Art haben."

Genau, die Schuhe, sie wollte ja sowieso noch in den Keller gehen, um zu sehen, ob dort in ihrem Altkleiderkasten, wie sie ihn gerne nannte, noch alte Sportschuhe zu finden waren.

„Da muss ich nachschauen. Kommst du mit in den Keller und berätst mich bei der Schuhauswahl? Ich muss dich allerdings warnen. Da unten findet sich so mancher Fehl- oder Frustkauf von mir. Du musst mir versprechen, nicht zu lachen!"

Sie liefen kichernd in den Keller und öffneten den beeindruckend großen, aber nach zwei Umzügen schon etwas klapprig gewordenen Kleiderkasten, in dem sie ihre nicht mehr getragenen Teile unterbrachte.

Mit einem Tadaaa öffnete sie die Schiebetüre ganz links. Und da waren sie. Berge von ungetragenen oder so gut wie ungetragenen Schuhen, die sie im Schaufenster oder auch noch im Schuhgeschäft, meist jedoch in irgendwelchen Katalogen und später dann im Internet so toll gefunden hatte, dass sie sie kaufen musste. Nur, um später zuhause feststellen zu müssen, dass sie entweder unbequem, gar nicht so toll oder schlicht und ergreifend untragbar waren, weil sie nichts hatte, was sie dazu anziehen hätte können.

Agnes stand mit offenem Mund da.

„Das ist jetzt aber nicht wahr. Du könntest einen Großhandel beliefern!"

„Übertreib mal nicht", antwortete Elisabeth, der das Ganze schon ein bisschen peinlich war. Bisher hatte sie noch nie irgendjemandem von ihren gehorteten Schuhen und Kleidungsstücken erzählt. Nicht dass sie kaufsüchtig gewesen wäre, da gab es andere, die sicher viel schlimmer waren, als sie. Aber sie konnte sich einfach nicht von etwas trennen, das sie nie getragen hatte. Oder kaum oder nur ungern. Irgendwann verfrachtete sie all diese Schuhe, Gürtel, Hosen, Kleider, Jacken und Hüte nach hier unten und redete sich so ein, in ihrem Kleiderkasten (oben) immer Ordnung und Überblick zu bewahren. Stimmte ja auch.

Agnes war schon in die Hocke gegangen und schaufelte mit beiden Händen die Schuhe aus dem Kasten. Hinter dem Berg kam nun auch noch eine Aufhänge Vorrichtung zum Vorschein, auf der noch ältere Paar an der Kastenhinterwand angebracht waren. Aus der Hocke heraus blickte sie Elisabeth an und sagte: „Du musst hier dringend mal aufräumen. Ich glaube nicht, dass das gut tut, solche Massen an totem Material im Keller liegen zu haben. Schenk das Zeug einem Flohmarkt für wohltätige Zwecke oder mach mal einen Garagenverkauf, aber schau, dass du das Zeug loswirst. Sorry, aber das ist mein Gefühl, wenn ich das Ganze hier sehe." Sie schüttelte den Kopf und schaufelte weiter, bis sie alle Schuhe um sich am Boden liegen hatte.

„Ach so schlimm ist das gar nicht. Du musst das als eine Art Fundus sehen. Ich brauche nicht gleich bei jedem Anlass einkaufen gehen, weil ich nicht das Passende anzuziehen habe, sondern kann hier runterkommen und mir etwas aussuchen."

„Sei ehrlich. Wann hast du das letzte Mal etwas von hier unten rausgesucht, anstatt einkaufen zu gehen?

So gerne wie du shoppst, kann das nur bei einer Grippe mit 40 Grad Fieber gewesen sein!"

Elisabeth überlegte. Gut, vielleicht hatte Agnes ja recht. Wenn sie ganz ehrlich war. Was dann? Dann musste sie zugeben, dass der Warenfluss wirklich nur in eine Richtung stattfand. Nämlich von der Einkaufstüte raus und dann nach hier unten. Manche Stücke schafften es noch für ein paar Wochen in ihren Alltagskleider- oder Schuhschrank, aber das waren nicht viele. Und nicht für lange.

„Weißt du, manchmal, wenn ich frustriert bin, hilft mir das Einkaufen, mich eine Zeitlang abzulenken. Und dann achte ich nicht unbedingt darauf, dass das was ich da kaufe, auch sinnvoll ist. Machst du das nie?"

Agnes schaute sie wieder an. „Nein, dazu habe ich zum Glück einfach zu wenig Geld. Das erspart mir wohl einiges an Aufräumearbeiten, wenn ich mir das hier so ansehe. So jetzt gehen wir es aber an. Zuerst suchen wir dir mal bequeme Schuhe, in denen du spazieren gehen kannst."

„Schnell war ein Paar gefunden und mit den Blasenpflastern, die Agnes aus ihrer Handtasche zauberte, konnte Elisabeth dann auch wirklich die halbe Stunde – darauf hatte sie bestanden, sie wollte nicht gleich übertreiben – gut und schmerzfrei gehen. Sie ließ das Paar nach ihrem Spaziergang im Eingang stehen und betrachtete es nachdenklich. So kamen sie nun doch noch zum Einsatz, wer hätte das gedacht! Sie jedenfalls als Allerletzte.

Nachdem Agnes gegangen war, räumte Elisabeth das Geschirr in die Spülmaschine und fühlte sich insgesamt viel weniger müde, als sie angenommen hätte. Da war es also wieder, das gute Gefühl, dass ihr ein bisschen lockere Bewegung scheinbar immer wieder bescherte. Sie würde sich das jetzt wirklich regelmäßig zunutze mache.

Gaaanz sicher!

Nachsatz

Elisabeth lag in ihrem Bett und streckte sich. Sie atmete tief ein paar Mal ein und aus und rieb sich die Augen. Schon wollte sie ihre Beine schwungvoll unter der warmen Decke hinausstrecken, da hielt sie inne. Sie hatte etwas geträumt. Das war an sich ja nichts Besonderes. Aber heute war sie sich sicher, dass ihr Traum etwas Wichtiges für sie beinhaltete. Sie versuchte ganz ruhig liegen zu bleiben, um den Hauch einer Ahnung nicht zu vertreiben. Da war etwas gewesen, was sie an einen ganz normalen Tag in ihrem Leben erinnerte. Aber andererseits auch etwas komplett Schräges. Nur was? Sie blieb noch einige Minuten mit geschlossenen Augen liegen, aber der Traum kam nicht mehr zu ihr zurück.

Dann setzte sie sich auf und griff automatisch an ihre linke Wade. Hatte sie in der Nacht einen Krampf gehabt? Irgendwie fühlte sie sich seltsam an. Aber jetzt schien alles in Ordnung.

Sie stand auf, reckte und streckte sich am offenen Fenster, blickte hinaus in ihren Garten auf das liebevoll gestaltete Kräuterbeet und hatte das Gefühl, an diesem Tag stünden ihr alle Möglichkeiten dieser Welt zur Verfügung!

Zeitfracht Medien GmbH
Ferdinand-Jühlke-Straße 7
99095 Erfurt, Deutschland
produktsicherheit@kolibri360.de